エルフの森で眠りたいⅠ

1、幻想の森

沁みるような輝く緑。右に左に、空へと、そして大地へと、生き生きと広がってゆく。ところどころ蒼、碧も見える。

ここは…どこだ?

今は…いつだ?

僕は…誰だ?


「ふむ…。気分はどうかな?」

ふと我に返った。何とも言えない不快感。気が付けば、ここは数カ月前から通い始めた精神…メンタルクリニック、…その一室だった。

「何が見えましたか?」

いつも小難しい顔をしている医師のコムヅカ氏(仮)が僕の顔を覗き込んでいる。

「大きな…森のような景色が見えました」

「それは、どんな森でしたか?」

「…分かりません」

「今まで見たことある風景でしたか？」

「…よく分かりません」

「よく分かりました」


今回はこれだけで終わった。

仕事帰り。すっかり遅くなったが家路を急ぐ。通っているのは週2回。もともとは、いま勤めている会社でパワハラ…いじめにあって。真面目しか能がない…自分の性格、サガが嫌というほど痛いほどよく分かる。

辞めることもできず、これ以上続けるのも難しい。

でも、結局辞められないでいる。同僚の中にはアドバイスやエールをくれる輩もいるが、人と争うことが苦手だ。そもそも一言も言い返せない人間なのだから…。

そうこうして我慢しているうちに、慢性的な腹痛、心臓が苦しく痛み、左耳が聴こえなくなったり左目も痛む。いよいよ身体的に不調をきたすようになってきた。夜も眠れず、足掻けば足掻くほど疲労困憊。憂鬱な朝を迎え、日々を送る。

そこまで悪化して、ようやく沿線のメンタルクリニックをインターネット等で探し、レビューの評価も悪くなさそうなので、その日のうちに電話し、運良く予約が取れたため訪ねた。

抵抗感があったのは最初だけだった。もっと早く知り、行動できていれば良かった。

今日も…カウンセリングの一環なのか、何とかセラピーを受けた。不思議な香の焚かれた暗室で。そして不思議と見えてくる、いつもの風景。あの森だ。

いや、そんなに鮮明ではないのだが、同じような色彩が。懐かしいような…どこか知らない世界のような。この時だけは癒される心地がする。それが精神科に通うことを嫌うどころか、多少積極的にさせている一つの原因だろう。

ちなみに、現在は医師のコムヅカ氏と相談の結果、会社には休職を近日中に申請する予定である。症状は悪化しているようなので…無理もない。

安堵感。ただ、その分だけ…少しずつだが景色が鮮明になっていくような気もしている。これは、いよいよ重症化しているのだろうか…?

1・5、空白の空間と、時間と

重症を痛感したエピソード、思い出したくもないのだが。

腹や…胸の痛みで会社に居られなくなり、早退して家の近所の公園で休んでいた時のこと。嫌な汗をかいてベンチに座っていると、顔見知りの女の子が話しかけてきた。しんどいのに、無邪気に…やがて挑発的に。面倒臭くなって…か、どうしてだろうか、その時は足の裏で押すように足蹴に…蹴り飛ばした。

泣くのでもなく、驚いた表情で、放心状態でその場に座り込む女の子。謝る余裕もなかった僕は、重い身体を引き摺るように、その場を去った。

後日、また次の日も公園を訪れたが、その子はいなかった。心配で、いつもとは異なる新たなストレスを抱えるようになった。罪悪感…には違いないのだろうが。

結局、正直に話そうと思い、ケガなども心配だったので、決意して…その子の家に訪れると、最初から予想外の展開が。

「うちには子どもなんていませんけど？」

そんなはずはない…のだが。僕の思い違い、いや…記憶の喪失、狂い？　一体なぜ、どういうことなのだろうか？　不審者だと思われた…とか？　無理もないが、知らない仲ではないのに。

色々と…恐くなった。自分のことも、そして…ここに存在している…日常の生活、この景色など、すべてが。

「大丈夫ですか？」

2、コーヒーよりも懐かしい香り

結局、休職は受理された。

とりあえず…先ずは一カ月ほど。病院には以前と同程度通っているが、それ以外の時間は、正直…持て余している。

食欲はあまりないが、社会人になってから相手の会社との面談などで提供されるため嗜む機会も増え、いつの間にか好きになっていたコーヒーは恋しく、地元のコーヒーショップには散歩がてら出かける。

一番安い、小さいカップでブレンドを注文。その温かい一杯で数時間粘る。少しスマホをいじったり本を読んだり、でも大半の時間は何も考えず、考えられずボーっとしている。


ある時、ネットやSNSの情報に触れて、昔…小学校4年生まで暮らしていた、懐かしいO町のことが気になった。

O駅の再開発の記事を見たからだったか、今となっては思い出せないが。当時、だいぶ遠くへ引っ越すのだという印象が強かったけど、いま住んでいるA市は隣県とはいえバスでちょうど始発から終点まで。実は容易に、つながっている。

O町のカフェへ。場所を変え、気分を変えてコーヒーを飲むつもりで出かけてみた。珍しく、足取りは軽い。

平日の昼間、始発である地元のバス停から。時間的に当然、通勤・通学の人たちもいないから余裕で座れた。家ではまったく眠くならないが、どうもバスの揺れが心地良い。終点まで、途中下車する必要がない、そんな油断も手伝ってウトウトと…まどろんでいた。浅い眠りのせいか、少し夢を見た…ような気がする。現実世界との乖離か。

到着したO駅は、やはり再開発でだいぶ様変わりしていた。通称「開かずの踏切」は解消、駅ビルといえる大型ショッピングモールがつながっていて踏切などなくても越えられるし、地下道もできていた。

だから、すっかり方向感覚を失った。どこの階段から降りれば良いのやら。迷宮か。かつて通った本屋やプラモデル屋は姿を消してしまっていた。時代の流れとはいえ…悲しい。当然なつかしさもあるが一方、半分ここに来たことを悔やんでいる。

ショッピングモール内にカフェはありそうだったが、騒々しい駅からは離れたかった。頸椎から頭蓋にノイズが響くのだ。

先ずは、以前家族で住んでいた団地を探す。記憶はいたって曖昧だ。でも、昔から変わらないスーパーマーケットやクリーニング店、体が弱かったのでずいぶんお世話になった小児科医、いずれもまだ健在で、人の気配もすることから営業しているようだった。

何かに誘われるように、小さな通りを抜けたところには外壁だけ塗り替えられ色が変わっていた団地が見えてくる。一気に記憶が呼び起こされる気がした。今に比べて、はるかに幸せな時間だった。そう思うと自然と、不思議と涙が溢れてきた。

人の視線を感じ、逃げるようにその場を後にする。

気づけば、次に向かっているのは4年生まで通っていた小学校。O町南小学校だ。かつての通学路、よく憶えているものだ。いや、芋蔓式というのか…次から次へと、手繰り寄せると記憶の糸が幾らでも取り出せるようだった。まるで、両手に絡みつくように。切っても切れない。

今の時間は、平日の昼間。

南小のグラウンドには小学生が並んでいる。精神科に通っている後ろめたさもあるが、こういう時代だ、不審者と疑われ通報などされる恐れもあるので、すぐにその場を離れた。

次に向かっていたのは、これも通学路と言えるかもしれないが、小学校1年生から3年生まで、3年間通っていた学童クラブだ。様々な感情が甦る。

喉が渇いてきたが、何かに惹かれ、急かされるように道を急ぐ。

3、憩いの森

そうだ…学童クラブは、保育園（1階）の上、2階にあった。児童館と隣接していた。そんなことを思い出しながら歩みを進める。おばけ屋敷（肝試し）やキャンプなど、脳内で美化されているのかもしれないが、どれも輝くような良い思い出だ。

そんな施設に近づいた頃、ふいに途中…とても懐かしい風景が視界に飛び込んできた。

よく学童クラブの友人たちと出かけ、遊んだ公園だ。

現在は何かと神経質でやかましい世の中だが、どういうわけか…当時のままの遊具が置かれていた。最近あまり見なくなった危険性が指摘される二人乗りのブランコ。それに、周囲を走って人力で回す球体のジャングルジム（？）のような遊具など。当時も大けがをした子どもがいたと記憶しているが、まるで時間が止まっているようだった。

気づくと足を止め、公園の中へ。かつては、あんなに大きく広いと感じられた砂場も、こうして眺めてみると、なんてことはない…。やはり記憶によって美化されていたのかも。いや、単に成長しただけか。

公園の奥にある凛とした空間は、今でも別世界に思えた。

正式な名称は分からないが、当時、僕らはみんな「憩いの森」と呼んでいた。おそらく先生や大人たちが言うのを真似していたのだろう。

もちろん森という規模ではないが、木々が覆い茂って独特の雰囲気を醸し、小さな社がまるでそこを聖域とするかのような一種の緊張感もあった。

公園の裏口に、この森の入り口があるが、公園にもつながっているため侵し易い。

草木はもちろん、鳥や小動物、虫なども多い。特に夏は、カブトムシやクワガタがやって来る貴重な採集スポットで、よくカナブンの胴に糸を結び付けて飛ばしたり…いま考えると残酷な気もしないでもないが…無邪気に遊んだものだ。

竹藪か、緑が鬱蒼と茂っている場所もある。

そこでは、使用済みの段ボールやトタン屋根などの廃材を利用してよく秘密基地を作った。実際に住めるように、色々と持ち込んで。近隣住民からしたらいい迷惑だっただろうが。

だいたい翌日になって、大人か近所の他の小学生、中学生のグループなどに壊され、心底落ち込んだものだ。協力して作った友達みんなで泣いた、ずっと泣いていた。

今となっては、ほろ苦い…それでも良い思い出だが。

こうして改めて見ても…正直、思い出補正よりも、ずっと美しい風景。本当に、まるで別世界だった。少なくとも、僕の頭蓋の中には、合成された美しい世界が拡がっている。

思い出と現実、あるいは他の何かが混ざり合い、夢のような景色を見せてくれているような感覚も。現実が辛いほど、なおさら。

…やっぱり精神、大丈夫かな…。

一度公園の外に出て、自動販売機で冷たい缶コーヒーを買い、「憩いの森」の中で、文字通り「憩う」ことにした。もう夏も本番…そんなこともすっかり忘れていた。いや、分からなくなっていた。ストレス等で、自律神経（副交感神経）がバグっている。

降り注ぐような木漏れ日と、濃い影が鮮やかな模様となって複雑に重なり合う。本当に…時間が止まっているようだ。静かで…通り抜ける風が無数に分裂しながら、やさしく踊っている。どこまでも、どこへでも自由に。

4、邂逅

　翌日も、また次の日も、雑踏を抜け出して「憩いの森」へ。缶コーヒーも持って。そして今日も誰もいない、僕一人の空間。天然の特等席だろう。平日の昼間だから当然か。頭痛や腹痛などもない、安心できる時間だった。


　ただ、この日は誰かやってきた。むろん、公園なのだから誰が来たって不思議ではないし、そんなのは当たり前なのだが。

　避けるように、その場をすぐに去ろうとしたところで、急に呼び止める声がした。

「ちょっと待って」

「!?」

「…もしかして…あれ？　誰だっけ？」

　そっちこそ誰だ。何だか見たことあるような気がするが…思い出せない。むしろ一瞬、動物の本能だろうか恐怖を覚えた。

　見た感じは、歳は近い、同年代か。スポーツマンなのか、服の上からでも分かるような躍動感のある肉体と骨格、ネコ科の猛獣を思わせるような動き。白昼とはいえ物騒な世の中、ここで絡まれて襲われたら一たまりもない。もし仲間が潜んでいたら…背中に冷や汗が。

そんなこちらの凍った表情を一瞬にして、その男は読み取ったようだった。

「いや、驚かせてごめん。なんか見覚えある気がして。…このへんに住んでいるの?」

馴れ馴れしいが、別に嫌な感じはしない。妙に懐かしい気もする。

「いや、昔このあたりにいたので…懐かしくて」

ぎこちない回答…しょうがない。

「昔か〜、そうなんだ。もしかして、秘密基地とか作っていなかった? そしてボヤ騒ぎになったこととか」

「…あった! そうそう! …なつかしいな」

不思議と思い出す。当時は、今とはまるで違って少々親分肌というか、お調子者でリーダー気取りの気質もあった。勇ましい勇気だけの勇者。

こっぴどく叱られたものだ。ただ、当時も…もちろん今も出火の原因は分からない。

記憶の糸が、スルスルと手繰り寄せられてゆく気分。小気味良く、スルスルと。

「俺、カズマっていうんだけど。君は…」

「あ!」

そういえば、いた。近所に。

学校のクラスメイトや学童クラブの友達じゃなかったけど、妙に気の合う…悪友というか、事あるごとにつるんでいたヤツ。確かに…いたな…、児童館でコマ回し大会や子ども相撲トーナメントで、常にライバルだった。

「やっぱりな〜。久しぶり」

「ああ」

「変わらないな〜」

「そうかな？」

いや、だいぶ変わってしまった。美々しく成長した、このカズマとは対照的で、恥ずかしい。

でも素直に懐かしい、心地良い気持ちがした。でも、正直…今の自分の境遇を訊かれたりするのが辛く、一先ず今はこの場を早く立ち去りたかった。

精神科に通い、仕事は休職中、復帰の目途も立っていない。独身、給料や貯金も…。もしも今ここで「再会を祝して呑みに行こうか〜」なんて流れになっても、困る。言い訳として、処方されている睡眠導入剤や精神安定剤などの薬を飲んでいるため、アルコールは控えている、のは事実。酒に逃げて依存してしまうのも怖い。とにかく色々と説明が面倒臭過ぎる。

「よく遊んだよな〜、ここで」

「そうだった」

「なんだか他人事みたいだな」

「え…そうかな？」

「なぁ、ＳＮＳとかやってる？　連絡取れたりする？」

「自分から情報をあげたりはしていない（そんな情報ない）けど、一応は」

「じゃあ、何かあったらメッセージおくるわ」


そう話しつつも、特にそれ以上アドレス等を訊かれず、その時はそれだけで別れた。やはり僕の表情や動作、言葉の端々から負のオーラ…でも感じたのだろうか。

実際に、今のところ連絡は一切ない。ただの社交辞令だったか。安心する自分がいる。

ただ、懐かしかったし、もう少し話したかったのも事実だったが。いずれ、何らかの機会というか、神の？　…導きがあれば、また会えるだろうし、いずれ…再び会うことになる、そんな気もしたから…。

5、気になる名前

少し…忘れていた。いや、だいぶ…だな。

相手の瞳を通じて、久しぶりに自分自身を見た気がした。

何より、病院以外で人と話したのも久しぶりだ。会社勤めしていた頃も、必要最低限の話しかしなかったし。本当に…かつて真夏の太陽のように熱く輝いていた自分は、一体どこにいってしまったのだろう？

苦痛が伴うので、記憶の森を今さら掘り下げていくのは大変だ。ただ、カズマに会って一筋…陽の光が差したような思いがした。そして、照らされたのは、酷く荒れた場所ではない…そう思えた。


しばらく経って、この日は病院。

移動中に、珍しくスマホが鳴ったと思えば、例のカズマだった。わざわざ情報の森を漁って探してくれたのか。無難な返事をする。さらにメッセージが返ってきた。

『そういえば憶えてる？　あの子のこと。ほら、もう一人。俺ら三人で、よく遊んでいたじゃん』

あの子…と急に言われても、分からない。

『誰?』

『俺らのアイドルだよ、かわあいいい女の子』

なんだ、それが狙いか? あきれた反面、酷く素直な印象で、内心ほっとしたような気も。それに、確かに…妙に気になった。

あと…かわあいいい…って、誤字脱字が多く、何となく素面ではないような気がした。文面からも酒の臭気が伝わってくるようだ。

それとも…歪んでいるのは僕の方か?

『色白でセガたかくて、芽が大きかったな~、なんかとってもリリしくて』

芽じゃなくて眼な。なんか卑猥だぞ。

『確かに。いたような、気もする』

『とても木になっていたけど、俺よりも君と仲良かったあな』

『そうだっけ?』

『たしか、名前はサトー』

『佐藤?』

『サトー・ヨーコ、だったような』

なんでカタカナ? まぁ、漢字は僕も覚えていないけど。カズマ、大丈夫か?

『ナンカフシギな雰囲気もあったなあ』

酔っ払いのくせに変に気を使うやつだ。

『よく分からないが。記憶だから美化されているんじゃないか？』

『かも知れない～…どこに澄んでいたんだっけ？』

『おいおい、勝手に探したりするなよ。危ない奴だな』

『解ってるよ』


さとう…佐藤、ようこ…陽子？

誰だったか？　本当に思い出せない。いや、そんな子がいたような…気はしないでもないが。「ヨーコさん」、確かに…いた気がする。その名を呼んでいたと思う。

たった一人のことだけど…思い出すのは、樹々の根が巻付いた石棺を開けるような重い作業。だが、ずっと考え続けていた。色々と断線したままの神経で。

そうだ、いつもカズマと張り合っていたような気もするのは…その子を巡っての戦い…という感じか。いうなればオス同士のアピール合戦だな、いま考えれば。

たとえば当時オカルトブームだった頃、お互いに彼女の気を引こうと嚇かしたりしていたら、いつの間にか泣かせてしまい…慰めていたりとか。いま思い出すと、ただの黒歴史だが。

本当に、記憶の断片といった感じだが、確かに覚えている。

ただ、彼女の名前…存在は、インターネットの樹海の中には存在していなかった。それこそ逆に、同姓同名や近い名前は無数、把握しきれないほどに浮かび上がってくるのだが。

6、深い森

再びセラピー…を受けていた。よく分からないが、特殊な機器（デバイス）を装着し、視覚や聴覚を閉ざすことで落ち着くような感じ。

「何が見えるかな？」

目を覆っているので何も見えるわけがないが、脳裏に映る何か…ということだろう。

以前のように、森が見えた。

あの憩いの森に似ているが、規模がまったく違う。よく、濃く見える。数百年、数千年後の憩いの森…かも。

太古のような遥か未来のような、巨大な樹木が連なっている。むろん、本当に見えているわけではない。深層心理…とか何かなのだろうか。

「森が…見えます」

「ふむ。以前も言っていたね」

そうだった。ただ、今回はより鮮明な気がする。陰影がハッキリしており、それぞれ光の大きさや濃淡も分かるような気がしている。

「あ!?」

一本の大樹の根元に、誰かいる。一人…女性のようだが。シルエットが揺れている。

「どうしたのかな？　何か見えるのかね？」

「女性が、なんだろう…人間、…エルフの女性が見えます」

「え？　エルフ？」

「あ…その…」

ふと我に返り、恥ずかしくなった。当然だが、そんな妖（あやかし）…幻想世界の住人を見たことがあるわけない。かつて、ゲームやマンガで見たくらいだが。そのイメージで、つい。現実とファンタジーがごっちゃに…混ざり合い、区別がつかなくなっているのか…悲しい、情けない…絶望的な気持ちになった。

だが、担当医の反応は意外に冷静だった。それが仕事なのだから、当然と言えば当然だろうが…。

「そのエルフは何人いる？」

「え？　えっと…一人です」

「どんな姿？」

「…よく分かりません」

質問は続く。依然として、その姿は幻だが、幻影なりに少しずつ形を作ってゆく。イメージが勝手に膨らんでいるようだった。非常に危険な気がした。むしろ催眠術か暗示にかけられているような感覚。いや、自らに…魔法をかけているようにも。

セラピー終了後、しばらくコムヅカ氏は黙っていた。相当重症なのだろう…もはや僕は。ずっとヨーコのことを考えていた。エルフのようなイメージ。カズマも言っていた通りの色白で、長身で美しい。実際に、そうだったような気がしている。壊れた精神で、冷静に分析、考えてみた。

7、エルフの森で眠りたい（エル森）本編スタート

ここは…どこだ？

今は…いつだ？

僕は…誰だ？


あたり一面の緑。ここは森の中か。樹齢…何年だろう、天まで覆い隠す木々が重なり合って、ドームのようだ。幾千の葉が透き通ったり、隙間から木漏れ日が射し込む。天上で、碧と緑と白などが踊るように回転している。どこか神聖な気がする。

輝き、空気が澄んでいる。

心地良い空間だ。

よく見ると木々の根が波のようにうねり、絡み合っている。その上にさらに緑が覆い被さり、独特の地形を形成している。まるで空間そのものが生きているような。大気に溶けて、染み渡る、新鮮な鼓動や息遣いを感じる。

遠くに、小さな社（やしろ）のようなものが見える。どこかで見覚えのあるような…。

あれっ？

誰かが社の前にいる。しゃがみ込んで、何かお祈りをしているように見える。

自然に僕の足は動き、進んでいた。その社へ、そっちの方向へと。大地のうねりも気にならないほど、真っ直ぐ…愚直に。

しゃがみ込んでいたのは一人の若い女性。長い髪は光で輝いて見える。風に美しくなびいている。見た事のないような不思議な服装だった。はじめは巫女かと思った。

ただ何より、その長くとがった両耳が気になった。まるで…空想上の…エルフだ。まさか…。

我を忘れて、その後ろ姿を見つめている。

やがて立ち上がったエルフの女性。僕とほぼ同じくらいの背丈。風にのって良い匂いがした。視覚や聴覚はともかく…嗅覚までする夢があるのだろうか、ものすごくリアルな光景ではないか。

振り向きざまに、互いの視線が衝突した。自分自身の表情はまったく分からなかったが、相手は驚いた顔。と同時に腰に携えていた小剣に手をかけた。

僕は、最初から最後まで、今も何も理解できていない。

しばらくすると、社の後ろから小さな…鬼のような、動物みたいな生き物が顔を出し、視線に入り込んできた。エルフの娘は気付いていない。でも、僕は、声が出なかった。

小鬼…ゴブリンの動きは素早い。エルフの白い首筋に噛みつくと、鮮血が吹き出した。

一瞬の出来事。いつの間にか周囲に集まっていたゴブリンの仲間たちに運ばれて、どこかへ…森の奥へと、消えて…いなくなってしまった。

噴き出す汗、全身を垂れ流れる。呼吸が荒くなる、むしろ止まりそうだ。破裂寸前。苦しい。視界が赤く…赤黒く染まってゆく。

…助けて。誰か…。…こんなの…嫌だ…!!

8、悪夢の先へ

血液が酸化した…ような赤黒い視界。鉄分の臭い。染まってゆく。

身体が冷たい。頭が痛い。

「気がついたかな？」

ここは…どこだ？

見上げていた、こちらを覗き込むコムヅカ氏と眼があった。

「単刀直入に言うと、君は倒れていて、こちらに運ばれた」

運ばれた？　病院じゃなくて、この精神科に？　ちょっと変な気がするが…。でも、よく考えられない。

「私は不在だったため直接会っていないが、君の友人と名乗る男が連れてきてくれたそうだ。感謝したまえ」

どこから？　運ばれた…どこで倒れていたんだろう？　分からない。

「まだ顔が蒼白だが、…大丈夫かね？」

今も頭が痛い。激しく脈打っている。

それにしても、さきほどからコムヅカ氏の顔が…以前からこんな形だっただろうか？何となく…異形。鼻が大きく、まるで…あのゴブリンのように見えて…いる、確かに。分かっている、きっとおかしいのは僕の方だ。けど、そう見えていることに変わりはないし、間違いはない。

帰り道でも、人の顔が皆…ゴブリンに見える。男も女も、子どもも。恐ろしい…。あの時、夢の中…で見た、あの顔が、あの…おぞましい光景が頭に焼きついて離れない。

原因不明だが、僕の精神状態はさらに、もう一段階…深い、暗い闇へと落ちていった。消えそう…潰えそうな光。あと少しで当初の予定だった一カ月は経つが、当分、会社…社会復帰は難しそうだ。それは自分自身が最も実感し、理解している。

薬の量も増えた。食欲が沸かない。不規則な睡眠、また悪夢を見るのではないかという恐怖、強迫観念が押し寄せてくる。その幻影が、さらに脳内を浸食するような不快感。狂いそうだ。

いわゆるバイオリズムの影響なのか、なぜか、たまたま体調が良い日もあった。

相変わらず人々はゴブリンのような異形にしか見えなかったが、おそらく多少の慣れもあっただろう、気分転換のため外に出てみた。通院日も数日後と近いから、若干の安心感があった。

まずは…自然と、A市からO町へ、バスに乗っていた。車内はやけに静かだった。

気がつくと、例の森にいた。公園の奥にある、憩いの森だ。

「よぉ、…やっと来たか」

誰かと思えば、カズマか。ストロング缶チューハイを片手に、ご機嫌だが、虚ろな目をしている。こちらを見て大きく笑んだ。

「もう、大丈夫なのか？」

不思議なことを言う。そもそも、なぜ僕がここに来るのを待っていた？　なぜ来ることが分かっていた？　…そんな口ぶりだ。だいぶ酔っ払っているようだ。

逆に、こちらが心配になる。

「倒れていた君を運んだのは、この俺なんだぞ」

「え？」

まさかコムヅカ氏が言っていたのは、このことか。

「倒れていたって、どこで？」

「ここでさ、この憩いの森の中で」

ここはO町だ。なぜ、わざわざA市の精神科へ？

そんなこちらの表情を感じ取ったらしい。

「そんなに遠くないから…な」

一体…何を言っているんだ？　確かに、あのクリニックはアルコール依存症などのカウンセリングや治療などもやっているようだが、でも依存症なら車も運転できないだろうし、バスでも数十分はかかるというのに…。

いや、よく無事だったものだな…僕は。改めてそう思う。

「いっしょに飲む?」

「いや、…大丈夫」

「昼間っからってのが、また一味…美味いんだけどな~」

まだ笑っている。よく分からないヤツだ。別に、嫌な感じはしないが。一応…命の恩人みたいだし。

そういえば…このカズマだけは、どういうわけかゴブリンじゃないな。何となく、不思議な雰囲気はあるが、歪んだ…異形には見えない。なぜだろう。

「本当に懐かしい…、やっぱり落ち着くよ、この森は」

「そうかも…あれ?」

眼の錯覚か。社の周辺に、変色した箇所がある。黒い土か、まるで血液が固まったような痕跡が。

夢か現実か分からない記憶を呼び起こした。強制的に。

「あの跡は!?」

「ん? …跡? おい、どこ行くんだ? …あぁ、あれか」

頭が痛い。あれは、あの血痕は…血だまりは、エルフの…。

「近くて、遠い場所だもんな」

「え？」

「遠い過去。でも、消えたわけじゃない」

「カズマ…だいぶ酔っているなぁ…？」

「俺はさ…あの頃から、ずっと調べていたんだ。後悔も強かったからな。ずっと…探していた」

「何を？」

「時間と空間、いわゆる時空について」

「時空？　…意外に勉強熱心…」

「まぁ、とりあえず自分のためだからな」

「？」

「マキノ木（樹）…って、聞いたことあるか？」

9、マキノ森

いきなり何だ…？　木？　マキノ？　…植物学者の名前かな？　かつて住んでいた団地の裏に、記念植物園があるが？

それとも、そんな新種の木が？　あたりを見廻して見たが、まったく分からない。

「いや…、そうだな…いうなれば、概念。考え方というか…木にたとえているんだ。系統樹のように。イメージの具現化。そのカタチを木と学者達は呼んでいる」

ますます訳が分からない。

「たとえば、今朝…起きてから何をした？　朝食は？」

「コンビニのパンと…何だったかな？」

「そこで、朝食を食べた世界と、食べていない世界に分岐する。よくいう…いわゆるパラレルワールド、並列世界だ。よく聞くだろう？」

「パラ…？　いや、聞いたことないな。パラソル？　…パラリンピックと何か関係が？」

笑って顔を横に振ると、話を続ける。

「そうやって因果…その関係、関連によって分岐して枝が分かれ、枝葉がついてゆく。さらに無限に枝分かれしてゆく。因果律によって。何かをした結果、しなかった結果、いくつもの世界が生まれてゆく。現在は、ただその中の一点にいるだけ、それだけに過ぎない。我々が出会わなかった世界（時空）だってあったはずだ」

一応、言っていることは…分かる。理解はできないが。何となく多少…断片的にだけど。ただ…なぜ今それが関係あるのだろうか？

「その枝葉は、まるで樹のように見える。繰り返しになるが、概念…形式上それをマキノ木（樹）と呼んでいる。あくまで学術的に」

「マキノ…の木？」

「ただ、その木は、あくまで一人だけのものであり、実際には人やモノの数だけ複雑に…無限に、森のようになっている。それを改めて〝マキノ森〟と言っている。重なり合って、本当に…実に複雑なんだ」

「…だから森か」

「そう。そして…なぜか理由は分からないが、どうやら…この場所が時流および分岐点として、とても重要な場所だということだ。少なくとも我々にとっては…ね」

「我々？　どういう意味？」

そこで話が止んだ。何かを考えているような、後悔しているような、不思議な表情だった。そしてカズマは立ち上がって、言った。

「また…ここで会おう。…機会があったらな」

そう言い残し、去っていった。

だいぶ酔っていたのか？　からかわれていたのか？　やけにロジカル(論理的)に話していたけど。でも、頭痛の核に一本の細い針が刺さったような感覚。不快感よりも、何か芯が入って補強されたような気も。

とにかく、やはり…何かあるのだ。この場所には。それだけは、よく分かったような気がした。幻想じゃなく、現実として。

10、森の中へ

森の中を歩いている。ずっと…彷徨っている。

終わりが見えない。そして…いつから始まったのかも…もう、よく分からない。


そうだ…あの後、後日…再びカズマに会った際に言われた…その通りに行動してみたんだった。懐かしさというのか…、彼の言葉に嘘や偽りを感じられなかったし、信じたかったのだが…今はこのようなことに。

いや、決して…悪いことではないのだと思ってもいるが…。この場合、やむを得ず。

そう…こう言われたんだ、「君が通院している所の院長。彼が持っている青緑色に輝いているデバイス、それをゲットするんだ。盗む？　人聞きが悪いな、ちょっと借りるだけだよ。２種類ある。一つは両耳に装着するようなもの。もう一つは小型端末のような手のひらサイズの四角形のもの。スマホにも似ているが（スマホもデバイスだが）。どちらも同じような色をしている。耳に装着してから、四角形のデバイスを起動させてみな。精神とかじゃないぞ、時空をトリップできるんだ。（魔力を…増幅することで…）。何？　まだ信じていないのか？　…大丈夫、俺と彼とは古くからの知り合いなんだ。だいぶ歳は離れているけど本当だよ。…だからこそ…ね」

よく思い出せないけど、断片的に。

…そして、今どこか分からない場所を…森のような場所を歩いている。頭に靄がかかったような感覚はあるが、一応…視界は鮮明で、匂いもするし音も聞こえる。

まさしく…どこかの森だ。なつかしさは…感じない。憩いの森のような社もないし。一体ここは、どこだろう?

歩き進むと、…森が曲がっている。風景が屈折しているし、不自然に伸びた枝や根、緑色が空間に貼り付き、絡みついているような。

断片的な森林の映像に覆い被さるように、掻き消して、上書きしてゆくように…次から次へと景色が飛んでゆく。

僕はそっちの、生まれ変わってゆく方へと進んでいる。

11、幻想と追憶の世界へ

マキノの…何とか、樹だったか森だったか…忘れたが、なぜか…どういうわけか、あるいは偶然か、森から幾つもの世界が拡がっているような感覚とイメージ。自分の行動でも分岐し、いくつもの結果が生じるのだろうが。

と同時に、どんな形であれ…これまで自分が生きてきた現実が、道となって、あるいは土となって積み重なっており、今だからこそせめてもの実感として心強く感じる。

正直、夢か現実か、何なのか…よく分からない。

ただ、こうして見ていることや、音や香り、手足の感覚なども間違いなく現実なのだ。実感…ゆえに酷く…恐ろしくもある。

進んでいる…という感覚なのだろうか。むしろ横道を通り抜け、突っ切っているような…。

今は…森が焼けている、突き抜けるような青空が見えたと思えば、戦闘機が轟音とともに地上に影を落とし、人々の悲鳴も聞こえる。未来のような過去のような、なつかしい気もする新たな恐怖。気づけば、心も躰も駆け出していた。

森から森へ。世界から世界へ、異世界から異世界へ。どこかの現実から現実の最果てまで。

過ぎ去り、映りゆく風景。熱や匂いも感じる。

夢中で走り続けた。逃げるように、求めるように…どこまでも。

蠢く景色、相対的に変化してゆく。…やがて濃い…現実味を帯びてくる。

あいつだ。

僕の進行を遮るように、リアライズされてゆく、おぞましい存在。醜い鼻先から…徐々に…空間を通り抜け、脱皮するかのように表れた。

…ゴブリンだ。

12、救出劇

悪臭が、これが現実であることを告げている。死の恐怖が、べっとりと背中を濡らす。

ふと、いつかの風景が脳裏に浮かんだ。あのエルフを喰い散らかした化け物ども。目の前の悪魔が同一犯かどうかは分からないが、肚の底から湧き上がる怒りや憎しみは、もはや自分でもどうしようもない。恐怖心を噛み潰し、踏み潰して、いつの間にか手の中に握り込んでいた剣を振り上げた。

不思議と重さを感じない、未来の先のさらに先の先の未来から取り寄せたような摩訶不思議な剣。あるいはロスト・テクノロジーか、オーパーツか。

実際には剣などではないのかも知れないが、想い描いた通り、自動で軌道修正なども行なって吸い込まれるように、ゴブリンの頭を叩き割り、そのまま一刀両断にした。

モンスターの血液や体液が、辺り一面に充満し、景色を汚す。屍から目を上げると、見覚えのある男が一人立っていた。

「無事だったか!?」

やっぱり…いつも酒臭い、カズマだ。今日は、その臭気はしないが。彼も武器を握り締めていた。

「ここら辺は、だいたい片付いたみたいだな。…行くぞ！」

「…どこへ？」

まったく話が見えてこない。どうも僕が知っている彼じゃないようだ。

「決まっているだろう！　姫を助けるんだ！」

「姫？」

「おいおい！　頭でも負傷したのか？　やっと…もうすぐ敵のラボに」

ラボ？　ラボラトリー…研究室のことか？　それよりも、姫…というのが。

時代…というか、おとぎ話のような、酷くファンタジーすぎて…今のこの状況と、少なくとも僕の意識とはリンクしていなかった。でも納得はできた。

「無事、お互い生き残って再会できた暁には、盛大に飲み明かそうぜ！　…って、君はほとんど飲めないんだったか」

不敵な…どこか悲しげな笑みを浮かべた戦士の走る方向へ、僕も進んでいった。

13、オンライン

非常に不思議な感覚だ。

体の内外から…脈打つように力が走り抜ける。

体内では、脳内物質なのか何なのか、ゴブリンとはいえ生命を殺めたことで、どこかの正常な思考回路が停止してしまったからだろうか、逆にアクセルを踏み込み続け暴走しているような高揚感。いくら走っても疲れないし、頭脳すら躍動感。

翔ぶが如く。止まらない。止められないし、止めたくない。

体外では、ページを高速で捲り続けるように、風景が変化していく。

夢の中のような、まるで…なつかしい伝言ゲームのように…何かのキッカケで、因果によって、脈絡もない展開が押し寄せては通り抜ける。自他ともに巻き込んで、鮮やかに。


すでに研究所や城のような場所、高層ビルや高級ホテルのような場所（城）も探索した。

まだ、それでも目的の姫は見つからない。

あくまで直感だが、おそらく…いわゆる物理的や地形的な何かではないのだろう。たぶん、このランダムで永遠とも思える歪みの中に囚われているのではないだろうか。バグの牢の中で。隔離されているようなイメージが湧き出し、浮き上がってくる。

だから段々おかしくなってゆく。歪み（ノイズ、バグ）は一層大きくなる。


気づけば、どこかの街中にいた。

真っ先に思い出したのが、かつて大学に通うため乗り換えていた、始発駅のSターミナル。その街並みが蘇ってきた…が、やはり…どこか違う。

三畳紀かジュラ紀なのか、もしくは白亜紀のような、恐ろしい原始的な植物が道路や陸橋、信号機などに絡みつき、覆い、地中に引き摺り込みそうな勢いだ。さらに、威風堂々とした恐竜や翼竜らしき魔物（ドラゴン）が疾走し、飛び回っている。

ゴブリンも隊をなして駆け回り、銃器や火器を携えた者たちと争い、殺戮を尽くしている。

地獄…カオスか、でも歪みという意味では、姫の牢獄に近づいた…ということになるのだろうか？

不思議と成長している剣でゴブリンを薙ぎ倒してゆくほどに、地獄が深まっているような実感を得ていく。寒さのような熱さ。青空に照らされた…地面や壁を染める血液や体液が、僕や世界を沈めてゆくような。

落ちて…堕ちて…引き摺り込まれているのかも知れない…。

高層ビルの頂上に巻付く巨大な紅のドラゴン。吐き出す一朶の炎は、まるで地獄の業火だった。戦闘機やミサイルも墜落、ただ重力に従って落ちてゆく。絶えず形を変えながら。進めば進むほど、変化の度合いが増幅している。天空が遠くなってゆく。その感覚も、暗い地下牢に向かっている感覚にシンクロしていた。

いや、むしろ逆に…天空にこそ姫はおられるのかも知れない。

ゴブリンや、それ以外の何かや何者かの死骸を積み重ねながら、それらを踏み台に昇っていきたい気持ちも過熱してくる。死屍累々は砕けやすいから無数に必要だが。

いずれにしても、堂々巡り…同じようなところを、ただ変化しているとはいえ…それだけで、複雑な同心円を彷徨っているようだった。やがては高揚感や向上してゆく感覚が剥がれ、枯渇してきた。それも自然なことのようにも思う。

空回り、とはいえ空焚き故に、激しく熱を帯びてきた。半端なウイルスは死滅する。

過去なのか未来なのか、あるいはカズマが言っていたパラレルワールド…並列世界なのか。もはや…よく分からないが、人間の足音や生命の気配が薄れてきたような…そんな気がしないでもない。また別世界から別世界へ。

考えてみれば、人間が住める世界など…極めて少ない場所でしかないのかも知れない。

そうだ。思い出せば…あの場所は、かつて過ごした「憩いの森」は、まさしく楽園だった。

きっと…そうだったのだろう。学校から帰ったら、夕方まで遊んで、用意されたご飯をいただく。温かい風呂に布団。そして次の朝がやってくる。…涙が溢れて、止まらない。

…目を開けると、明るい世界が拡がっていた。

まさか…いや、憩いの森だ。どこか…切り取られたような、あたりは暗闇で覆われていた。でも、ここは明るい。

バグに侵されていた無数のランダムなプロテクトを奇跡的に突破した。天文学的な確率と可能性で。あり得ないが、たどり着いた。むしろ…導かれたのか…。

むろん僕自身の思念や執念、怨念の上で。さらにその先に。届いた…刺さった。

見ると、社の裏に一人の少女がいた。はっきりと…見覚えがある。忘れたことなど…なかった。

リスに木の実を与えている。そう…小動物が好きだったんだ。その横顔…なつかしい。

お互いに目が合った。

なつかしさが止めどなく溢れ出てくる。少年と少女だったあの頃のように。

驚くような表情もなく、ただ、見つめ合っている。

木の葉の音、風の感触、土の香り。すべてがより鮮明に動き出す。鼓動の動きも。

すでにリスは逃げて、いなくなっていた。

近寄る僕に、エルフの少女も歩みを進める。今すぐ抱き締めたい。

「…人間め！」

腹部に強烈な激痛が走った。

ナイフのような鋭利な刃物が深く突き刺さっている。それを少女は両手できつく握り締めていた。

生温かい血液が、逃げるように溢れ、流れてゆく。もう元には戻らない、戻れない。

「…なぜ？」

僕が言ったのか、それとも少女だったか。泣いていた、お互いに。

まったく理解できない。分からない。…どうして？

そこで、ようやく自分の姿を客観的に、どこか遠くから見ているような気がした。血だらけだ。血と汚れにまみれていた。あとは…暗闇が侵食してゆく。やがて…何も見えなく、感じなくなった。重く、冷えてゆく身体。その感覚…。砕け散り、空気中や地面に拡散する感情…。

このまま…この森の土になりたい。眠りたい。そして、やがて…。でも、それすらも叶わないのかも知れない…。

もう…疲れた。疲れ果てた。これで良いんだ。

ようやく…永い悪夢も終わる。

14、何度目かのコンティニュー

沁みるような輝く緑。右に左に、空へと、そして大地へと、生き生きと広がってゆく。ところどころ蒼、碧も見える。

ここは…どこだ？

今は…いつだ？

僕は…誰だ？


気がつけば、いつもの病院にいた。

「う〜む…。残念だが、まだ…社会復帰は時期尚早みたいだ」

聞き覚えのある声だった。

「聞こえているかな？」

ぼやけて聞こえる。

「…はい」

「無理が一番良くない。もう少し様子を見よう」

「…はい」

「正直、…少し、いや…だいぶ悪化しているようにも見えるので、その…何というか」

「…先生」

「ん？　何かな？」

いつもの、小難しい顔だ。いつもよりも少々険しい印象だ。

「マキノの…森って」

「マキノ？」

「聞いたことありますか？」

僕は、独り言のように呟いていた。

「森の中で…殺されたんです」

「…。誰が？」

「エルフの女性で…、そして…僕も」

「ふむ」

カウンセリングのように、業務的に応対している。でも、だからこそ僕は自然体で…吐き出すように、自分の中では整理というか、正常化を試みているつもりなのだろう。作業的に、ただ話していた。

見慣れたはずのコムヅカ氏の表情…眼がいつもと違うのは、瞬間的に感じられた。

「おそらく、その女性は殺された…のだろう。どこかの世界でね」

「どこかの…世界？」

「そう」

見えない枝葉と枝葉がくっ付き、鳴っているような。声という空気の振動。僕は見えないものを見ているようだった。

「私も、どこかから来たのだから。…分かるよ」

まるで憐れむように、真っ直ぐ僕に、そう言った。ハッキリと。

「これから話すことは、すべて忘れてもらってよい。いや、今の君なら憶え切れないし…失礼ながら理解し切れないだろう。…いや、もし実感できたのであれば…可能かもしれないが」

「…?」

「君を含め、誰かに身の上話をするのは初めてだが、君の話が…それに最近の出来事などをまとめて考えると…、これも一つの因果なのかと思えることが多々あるからね」

「?」

よく分からない。

「君はマキノ森と言った。どこまで理解しているのかは分からないが、無数の時空間が存在し、永遠に…枝葉を増やし、分かれ、伸び続けている。木々が犇めき合い…交わり合いながら。昔からいう…袖触り合うも多生の縁…といった具合にね」

「…それは…知っています」

今なら…よく分かる。身をもって体験してきたのだから。

「よろしい、なかなか優秀だね。ならば単刀直入に言うが、私は遠い…また別の木からやって来たのだ。近くて多い世界から」

「近くて…遠い？」

「そう。日本…ではある。大東亜および太平洋戦争に負けた後、連合国に腑分けされ、バラバラに占領された日本、その中の一地域で生まれた。酷い世界さ。そんな中で、私は時空の研究をしていた。きっかけは、自棄酒に溺れ事故死してしまった息子に…どこかで再会したくて、その一心だけで日々研究に打ち込んでいた」

「そうだったんですか…」

「ただ、その世界の日本には恐るべき野望があった。純粋な復讐とでもいうのか。他の…すぐ隣の異世界においては、日本がアメリカよりも先に核兵器を開発成功していた。その上で勝ったり停戦するシナリオと、それでも負けるルートもあった。それらを知った時、最強最高の核保有国になることを求める権力者もいるし、実際にそれが実現した世界もあるが、そうではなかった。それでは満足しなかった。なんと奴等は、マキノ森つまり時空をも破壊…伐採し、焼き尽くして、自分達に都合の良い枝葉だけを残そうとした。さらにさらに逆に、世界大戦で勝利した新しい日本を作り出すため盆栽のように人工的に、自分たちの力で森を形成する…狂気だよ」

「……」

「利用され…片棒を担がされそうになった私は、その研究から逃げ出し、この世界に迷い込んできた…というわけだ。本業ではないが、精神科はマスターしているので。アル中の愚息を更生させたいと願い、独学でも色々と勉強したのでね」

「……」

「マキノ森を焼き払う中で、様々な悲劇も生まれた。おそらく…君のいうエルフの娘も、きっと何らかの影響、関わりがあるのだろう。私が知っているだけでも、生命の形を歪ませてしまったモノはいくらでもいる。ゴブリンを知っているかい？　あれだって突然変異したものの、もとは大半が人間だったのだ。可哀想なものだ。彼らも無念だろう。成仏し切れないな、きっと」

そんなゴブリンを大量に斬って、葬ってきた。胸が痛む。

「そのデバイスは…君に委ねたものだ。間接的に。…それに、私には…もう必要ないからね」

「？」

「むしろ、運命は…君に託された。報酬の代わりといっては何だが…、ちょっとデバイスを貸してみたまえ。君が逢いたがっている人のところへ、たどり着けるように…近づけるように調整してみよう。多少の誤差は有り得るだろうが」

「そんなことが可能…なんですか？」

「不可能ではない、科学とは魔法だ。いや、むしろ科学はまだ発展途上で、とても未熟なもの。いずれ必ず人間の考えることは大半が…いや、すべてリアライズされる。未来の、さらに先の未来の科学なんて…突き詰めてゆけば魔法以外の何物でもない。…まぁ、良くも悪くも。少なくとも人間が想像できることなら何でも、可能だ。恐ろしいことでもあるが」

「…魔法?」

「そう。…分かり易く言えば、…たとえば、呪文というのも一種のプログラミングだからな。作れるんだ。自然界に存在するもので」

今なら少しは分かる。これまでの出来事、経験を思い出し、色々と考えてみた。

目に見えないもの、それも確実に存在しているのだ。自然界に溢れている。

「さぁ、デバイスを使って、時空を大きく羽ばたくのだ。君自身の運命を変えることが、世界を…大きな森を変える、もしかしたら救うことにもなるかも知れないからね。可能性はいくらでもある」

大きく僕は頷く。

「君は異常なんかじゃない。担当医として保証するよ。むしろ、狂っているのはこの世界の方だ。間違いなく浸食されている。近い将来、いや…もしかしたら明日…いや、今日にでも消えてなくなる儚いものだろう」

コムヅカ氏は、強く僕の手を握ると、珍しく笑顔を見せた。

体温だけでなく、電流…なのか、様々な想いも伝わってくる。

「もしも…どこかで愚息に会うことがあったら、よろしく伝えてくれ。最も辛かったのは…本人だったと思うのでね」

「…はい」START>

～続く～

15、正常化したものの

：CONTINUE：

すっかり抜け落ちていた記憶とばかり思っていたが…。

どうやら消えてはいなかった。というか、復旧したような気もしている。何らかのきっかけで…。

どの森だって、美しい。でも、あえて遠くの森に行きたいとは思わない。

16、音楽に救われた～ヒア・カムズ・ザ・サン、オクトパス・ガーデン、レット・イット・ビー、アクロス・ザ・ユニバース～

O町にいる。…今も。引っ越しすることもなく、そのままで。

今日の「憩いの森」は、夏を過ぎて秋へと移り変わる中、心地良い風に葉々が揺れていた。秋の爽やかな空気の香り、なぜか懐かしく…昔を思い出す。いつだったたか…。

高校は毎日、電車通学だが、特に部活にも入らず、たまに此処に来ては趣味のアコースティックギターを弾いたりしている。表の公園には子どもたちが遊んでいるが、奥の森だったら、ほとんど貸し切り状態だし。歌はなく、ただ指弾きで季節および風景にあわせたBGMを即興で…多少考え、感じながら。素朴に楽しんでいる。

ただのアルペジオでも、それなりに響いて聴こえる。森の木々、葉の一枚一枚が観客であり共演者のようだ。空気の振動に合わせて揺れている。

あまりに心地が良いと、眠っているような感覚も。いわゆる無心…トランスの類いか。実際にどうかは分からないけど、気づくと時間が止まっていたような、風が止んでいるような気がしている。

眠りが浅いからか、よく夢を見る。

夢…か、何なのかは分からないが。違う町で生活していて、わざわざ…この憩いの森まで訪れたり、何かから逃げていたり、剣で戦い…何かに抗っていたり。たしかに、小学生の時は身体が弱かったので、放課後の学校で大人に交じって数年だけ剣道を習ったこともあったが…あと水泳とかも。何か関係があるのか、分からないが。

でも、妙にリアルなのだ。

誰かを探している…、いや、誰かが呼んでいるような気もしている。人の声さえ届かない、悠久の緑の中で。


取り出したケータイで時間を確認すると、弦を緩めてケースに仕舞い込む。以前、何度かチューナーやカポ、ピックなどを落としたり忘れてしまったのでチェックしてから。

デバイス…スポーツ用ウォークマンを装着。同世代では珍しいかもしれないがビートルズを聴きながら、コンビニに寄ってから帰宅した。

だいぶ手狭になったが、幼少の頃から親と暮らしている団地に。室内で楽器の練習はうるさいから、憩いの森をはじめ外で気楽に弾くことが多いのは、このためだ。むしろ自由だろう。勉強は図書館でもできるし、何かを憶えるのだったら自室で十分だから。電車の中でも。変なこだわりはない。従って妙なストレスなどもない。

親は共働きだから、僕ができることは家事でも何でもやる、むしろ嫌いじゃない。心身ともにスッキリする。これも、すべて一つの生きている実感…みたいな。

普通の人間、そんな安心感、幸せな気持ち。夢とか、ないこともないけど、そんなものよりも先ずは、この生活が…有り難い。自然に思える。干してあった洗濯ものを急いで取り込み、畳む。

あと、それから…。

ベランダに立つと、黄昏…夕闇に包まれる。光と闇、大きな流れやうねりを感じる。詩の一つや二つ、自然と生まれてきそうだ。


〜続く〜

17、エルフのヨーコさん

（ご想像にお任せ致します）ありがとうございました。
「免責事項」として。色んな世界に、色んなヨーコさんがいますので。

17・5、一つのエピローグ

コムヅカ氏が何処からやってきたのか、それは分からない。

本能寺の変は起こらなかった…あるいは太平洋戦争（大東亜戦争）も起きなかった並列世界は…本当にあり得るのだろうか。

日航機墜落事故（御巣鷹山）で松下トロンの技術者が亡くなっていなければ、Ｗｉｎｄｏｗｓに勝て、その後の覇権も大きく変わっていたのか。色々と考えることはある。

ちょうど今年、２０２３年に生誕１００周年を迎えた作家の司馬遼太郎さんが、戦前・戦中の日本について「なぜ、こんな馬鹿な国になってしまったのか」と、当時出兵していた自分への手紙（を書き続けること）が、小説家の原点と…自ら語っておられるが、作者としては、むしろ戦後の方が深刻な気がしてならない。

儚い平和。一小市民でも分かる。米帝の呪縛、大陸の侵略、半島による吸血などの工作等。そして一番の問題は国民自身ではないか。そんな印象。病んでいるのか、何なのか。おかしいな。ふと、むしろ戦前の方が…ずっと素朴でマトモな気もしている。良くも悪くも。果たして気のせいだろうか。

明治以降たしかに、少年のような清々しさと純粋さ、剝き出しの欲望、ある意味元気があったとは思う。ネガティブでも何でもなく、単純に思う。考え過ぎだろうが、思考すること自体は大変興味深く、純粋に楽しい。なにせ自分たちの歴史でもあるのだから。

際どいが、新型コロナウイルスもなかった、となりの枝葉の世界もあった。

僕もコムヅカ氏も、またどこかにいるので。その日まで。強く生きましょう。もっと自分を愛しましょう。かけがえのない仲間を、家族を大切にしましょう。

絶えず増殖している時間の巨大な森の中で。一つ一つ事実を。しっかり踏み締めて。地道に、刻んでゆこう。

それぞれの世界で、人間が生きている、生きていた時間や時代、それぞれの観測地点から…でしか見え難いのだから。

歴史上でも極めて異例なくらい戦がなかった平和な時代の価値観で決めつけるのではなく、もっと圧倒的に長かったサムライの時代を軸にして物事を考え直すのも、また有効、あるいは必要であろう（後の「外伝」に続く）。

特定の主義や主張にかぶれていない素っ裸な一人の日本人として。もっと大きな視野で、と同時に注意深く、このマキノ森を観察し続けたい。

たぶんレコードに似ている。

傷つけられた溝に、すべての記憶が封じ止められている。いつでも再生できる。

我々の行動も、すべての枝葉が、歴史に刻み込まれている。

〜終わり〜

「HURRY GO ROUND」

作詞・作曲　hide
唄　hide with Spread Beaver

狂い咲く季節が　止めど無く溢れる
また　いつかと同じ　繰り返す戯れ

蔦の葉密かに　根を広げた頃に
目に映る景色は　音も無く過ぎ去る

何処か　彼方を目指し　過ぎた記憶　足蹴に
悲しい訳じゃなく　でも嬉しくもない

束の間に意味など　知り得る術も無く
ただ鮮やかさだけ　昨日に駆け抜けた

まるで回るMerry-go-round　痛み忘れ巡り行く

まだ　たどり着く場所　見当たらず進む
ただ例えれば　実る果実の芳しく眩い香りも
ひとつ季節彩り　そっと枯れ落ちたとて

蔦は絡まり　身は朽ち果てて
思い出の欠片　土に帰り
また花となるでしょう
Like a merry-go-round&round
また春に会いましょう

あの日　見えなかった　愛でるべき花たち
今　日だまりの中　首かしげ　それでもやさしく微笑んでいる
まわる　まわる　こま切れの記憶の奥で　瞬く
涙も雨も　砂に呑み込まれて
急ぎ廻れ　砕けても　果敢無く散るが故にも

今を待たずに　まわれHurry merry-go-round
生き溺れても　また春に会いましょう
春に会いましょう
春に会いましょう

「エルフの森で眠りたい」第1部・完

エルフの森で眠りたいⅡ（第2部）―Additional Another Forest―

1、異なった世界での日常

何処までも続く…緑。森の中、いや正確には森の付近で生活している。今日も空は青い、日差しは良好。厳しいながらも…ここは楽園だ。そう思っている。

朝早くから畑に出て、野菜を育て、やがて収穫する。そんな日々の繰り返し。家に帰れば、愛する妻と子がいる。


エルフのヨーコさん…。

ようやく会えた。

思っていたよりも、…何というか…たくましかったな。環境が人を変えるのか。昔の、以前の記憶だと、長身で色白、細い手足で、凛々しい。だけど、実際に再会したら、たしかに美しかったが、剣や弓の名手で、コンプレックスだった尖った長い耳も一切隠そうともせず、豪快な明るい笑顔をしていた。

むしろその笑顔に惚れ直した、というのも事実だったが。得意の弓で、森での狩りはお任せしている。

そして、幸せなことに…子どもを授かった。こんな僕がなぁ…今でも少々ビックリしている。元気で素直な男の子だ。

家族を…家庭を守るため、昔に少しだけかじっていた剣道を…生きるために改めて再開した。北辰一刀流に限らず、歴史上の様々な剣士を独自に研究し、一撃必殺の示現流、他にもノーモーションの抜刀術などを主に取り入れながら独自にアレンジして磨き上げている剣術。それを子どもも興味があるようで、たまに教えたり、一緒に素振りしたり、良い汗を流している。


モンスターは出るから、フツーに。


いや…本当にモンスター。ゴブリンなら、まだ可愛い方だ。色んな異形が存在する。どういうわけか、日常茶飯事というか。ヨーコも、応戦してくれるけど、いずれ我が息子も戦わねばならないだろう。生き残るために。弱肉強食か、清々しいくらいの自然界の掟だ。

先日は大型の、辛うじて動物の形はしていたがデタラメなモンスターが、我が家の縄張り近くまで、しかも複数で侵入してきた。家族や家を守るため、そんな実戦を繰り返していると、自然と…我流の剣術なれど腕前はメキメキと上がり、難なく撃退できた。

そう思うと心に隙が生じ、その油断こそが大敵で、以前、子どもが強烈な一撃を喰らってしまったこともある。

結果的には、ヨーコの…何というか、ヒーリングの…魔法？　で、手をかざすことで驚くほどケガが回復して、心底安堵した。

そんなワイルドでエキサイティングな日々。今日も生きている。


僕は知っている。概念に加えて実感で…。

今でも、友の言葉を思い出す。

「魔法」だけど魔法じゃなくって、いうなれば科学の力。自然科学でもあるが、それだけではない「魔法」だ。雷や炎、水がなぜあるのか、どうして燃えるのか、それと同じような感じ。シンプルだが、突き詰めると答えは出ない。

特に、この世界では、マキノ森、その木々、さらに枝々が絡み合って、こんがらがっているため、独自の進化、進歩を遂げているかも知れない。

そう…人が考えつく、思い浮かべ、想い抱けるものはすべて実現…リアライズすると。効率化されて、尖鋭化されれば、掌から何かが出る…出せるなんて当たり前だし、おそらく魔法・科学ではむしろ初歩の初歩なんだろう。慣れたよ。

何はともあれ、そのおかげで最愛の息子は一命をとりとめ、今日も元気に、一緒に暮らしている。もちろん、生存できなかったシナリオ…枝（並列世界）もあったんだろうが。あえて考えないようにしている。

ちなみに、これはまったくの個人的な感想だけど、そんな魔法というのは（マキノ）森の賜物…「果実」みたいなものだと感じている。

通常の魔法に加え…もしかしたら、魔力全盛期の旧世界があって、そのロストテクノロジーもあるだろう。魔導戦争などによる破滅の瞬間に巨大な力で歪み、変化してより強大な魔術が存在していた可能性もある。たとえばオーパーツのように、森のどこかに。

突然変異があるかと思えば、地道に…それこそ本当に樹木や果実のように…ようやく枝々で実り出したものまで。

色んな実があるから…いま我々が実感し享受している魔法がすべてでは、決してないだろう。だから考えても仕方がないし、そういうものだと理解している。

たとえばヨーコさんのヒーリング…回復魔法は、掌から…しかも接触だから、かなり原始的なベーシックな科学なのではないだろうか。本人の生命力すら減少しているような様子から察するに、ただ元気をそのまま送っているだけとも言えそうだ。胎盤と臍の緒みたいに。

あと、これは剣術にも通ずることかも知れないが、いわゆる精神も重要だ。神経の集合体である精神は。意識や集中力で、魔力の精度は格段に変わる。神経を駆け抜ける魔力もしくは電気の質と量が雲泥の差。人間も自然の一部なのだ。

ちなみに金属も、自然の一部。温度で変化。五行（木火土金水）の一つ。血液の鉄分などをはじめ、やがて錆びて土になり植物等の生命を育む。

さらに石油は、恐竜など古代の動植物の死骸が長年掛かって溶けたもの。マシンやメカもボーダーレスで、自然の一部。そう理解している。

そして、さらに僕は知っている。

ほぼ日々…出現する魔物は、実はモンスターでも何でもなくて、焼き払われているマキノ森、その何処かの世界から逃れてきた、歴とした生き物、人間かも…なのだということも。あの、生きることへの執念、ハンパない生命力、生への活力…渇望は、そういうことなんだろうと理解している。たぶん間違っていない。

そんな亡者を相手に、日々戦っているのだから、そりゃ強くもなるさ。でも、こっちも生き抜くため、しょうがない。是非もなし。


「ただいま」

「おかえりなさい」

明るい妻と子の声が同時にした。あぁ、良かった、今日も生きている。

夕飯を頂き、風呂に入って（今日は僕が一緒に子どもと入る番だったかな）寝かし付けたら、湖の付近をロードワーク（走ったり）、剣を振ったりして、ようやく自由時間だ。儚いルートだがキャラバン（隊商）に出会えれば、たまに運良く酒も手に入るので、薄めながら大切に呑んだり。まさに、このために生きているようなものだ。もはや、いつの間にか立派な…おやじだな。別に、嫌な変化じゃない。

ちなみに、何故か…お互いに疲れているから、ということもあって、夫婦の…夜の時間は…今はないかな。子づくり…よりも、むしろ互いにマッサージとか。ストレッチは各自していているけど、歳のせいか首や肩は凝るから。互いに揉み合いながら、夫婦団欒…色々な話をする。一日のできごととか色々な情報交換。ささやかな、くつろぎの…憩いの時間かな。気づいたこと、思ったことは基本的に何でも。互いを尊敬しているので、喧嘩はほぼ無い…はず。雨降って地固まれば良い。

常に敬意。妻ヨーコとは恋人や夫婦はもちろん、そういう時間・時代は経てきたけど、今は子育てや生活を通じて、もはや「戦友」という表現が最もしっくりくるかも。いつも本当にありがとう。自然と、感謝の日々だ。

2、殺戮の日々～鏖(みなごろし)の森で眠りたい～

今日は、さらに大型の…しかも複数の、さらに異なる種類のモンスターが出現した。

それでも、一応勝ててしまうのだから、時に自分自身が怖く（自惚れではなく、狂戦士としての自分が）感じたりもするし、…いつまでこんな生活、日々が続くのだろうと漠然とした、しかし確実な不安も常に胸中にある。息子のことを考えれば、なおさら。

ただ、永遠ですら一日一日のつながりであり積み重ね。今日を生き抜けなければ明日はないのだ。今は、生きることを。


その焦りを知ってか知らずか、モンスターの登場する頻度が高まっていて、今日二度目の格闘に。しかも、相手も「魔法」…得体の知れない攻撃を仕掛けてくる。経験値、勉強にはなったが。生きた心地がしなかった。

ただ、こっちは…いつだったか、社畜時代もあったので…その時のサガでコストや生産性、効率などが常に思考回路にあり、とにかく先制攻撃。魔法を使わせる前に剣激で脳天を叩き割って、反撃させず受けず、意外とあっさり勝つことができた。攻撃は最大の防御ともいうが。

敵の魔道師を回復か生き返らせようとするオマケのモンスターもいたので容赦なく、心を鬼にして（もはや僕が鬼かも）鏖（みなごろし）にした。

免罪符は、家族のため。事実…実際にそうなので。一切、手は緩めない。返り血…血脂は、洗濯器で回す前に、まずは石鹸で手洗いしてから。完全に汚れは落ちないけど、これで何とかやっている。

でも、不思議と正気を保てている。

単なる自己判断かも知れないが、家族の反応を見るに…大丈夫だろう。おかげで自分を保てている。

3、来訪者

もともと…けっこう歴史、日本史は好きで、だから得意でもあった。有名な司馬遼太郎さんの小説は、コラムや「街道をゆく」シリーズもほぼすべて読んだし。池波正太郎さん、吉川英治さんとか。さらに海音寺潮五郎さん、半藤一利さんも。知的探究心が枝葉を伸ばすように、次々と。

それで…あの、森蘭丸…って、たしか織田信長の家臣…というか小姓。他に何かあったか？　それ以外に何も思い当たらないのだが…。

天使…なんて格好良いもんじゃない…けど戦場に、華麗に舞い降りた少年。

実はあまり気づく余裕もなかったが、いっしょに戦ってくれた。ただ助太刀どころか、むしろ足手まといで…本当に一時はどうなることかと思った。

とりあえず話を訊いてみよう。

「おい…大丈夫か？」

呼びかけに対し、まだ意識がないようだ。しょうがない…このまま置いては帰れないし、気長に待つとしよう。

「おっ！　やっと目が覚めたな。…大丈夫か？」

「あっ！　少佐」

よく分からない反応だが、僕を「少佐」と呼んだ謎の少年。額もしくは頭から血が流れ出ている。顎のあたりまで垂れており、止血はしたが、さらに包帯から滲み出ている。話しかけておいて何だが、もう少し安静にしておくべきだろう。

「ようやくお会いできました。不肖ランマル、この日をどれだけ待ちわびたことか」

「いやいや、まぁ落ち着いて」

軍隊か、敬礼しながら咽び泣くランマル少年。涙も拭いてやるのに、さらなる手間を要してしまった。

貯め続けていた何かが一気に解放されたように、ランマルは…ボロボロのくせに、まぁよく喋る。あまりに話し続けるものだから、腹が空いているだろうと察したので、ヨーコ手づくりの握り飯をあげた。これでようやく口を塞ぐ。

どうやら…というか案の定、彼は別世界…異なる枝葉からこっちの世界に飛び移ってきたようだ。どういう魔法あるいは手段を使ったのかは知らないが。訊くまでもなかったが、あっちの世界は焼き払われ…現在進行形で燃えている最中らしい。そっちで、僕らは同僚だという。

「私と少佐は、正式には同じ部隊ではないのですが、空手部の主将であらせられます少佐には色々と…いつもお世話になっており…格闘術だけでなく、人の道など…色々と教わっております。心底、尊敬しておりまして、感服するところ誠に多く…」

などと恐縮しまくっている始末。さらに尋ねると…眼と拳に力を込めて語り出す。

「強さはもちろん、実務における能力等も当然でありますが、そうですね…たとえば購買部や清掃のスタッフに対しても、いつも気兼ねなくフレンドリーに接しておられて、飾らず明るく楽しい少佐の人柄には心底惚れて…おります！」

もちろん実感はないのだが…やっぱり別世界とはいえ…僕は僕なんだろうな。何となく…分かる気がする…ことも、いくつかあった。

ということは、結構…近い世界なのか？

「で、君は…その、何しにこっちの世界に？」

「あっ、はい！　少佐に言われ…正式な軍の命令で、こちらに参りました。…これを直に手渡すようにと」

そこで受け取ったのは、…一振りの剣だ。ちょっと…いや、だいぶ独特な代物だが。

「これは何？」

「聖剣エクスカリバー…です」

「は？　ははは…なるほど。そうきたか。本当に頭…大丈夫か？　強く打ち過ぎて…」

「いえ！　その…少佐が笑顔で、そう言うものですから。…そう言えば分かると」

料金受取人払郵便

新宿局承認

7552

差出有効期間
2024年1月
31日まで
(切手不要)

郵便はがき

1 6 0-8 7 9 1

1 4 1

東京都新宿区新宿1－10－1

(株)文芸社

愛読者カード係 行

ふりがな お名前		明治 大正 昭和 平成	年生 歳
ふりがな ご住所	□□□-□□□□		性別 男・女
お電話 番 号	(書籍ご注文の際に必要です)	ご職業	
E-mail			
ご購読雑誌(複数可)		ご購読新聞	新聞

最近読んでおもしろかった本や今後、とりあげてほしいテーマをお教えください。

ご自分の研究成果や経験、お考え等を出版してみたいというお気持ちはありますか。

ある　　ない　　内容・テーマ(　　　　　　　　　　　　　　　　　)

現在完成した作品をお持ちですか。

ある　　ない　　ジャンル・原稿量(　　　　　　　　　　　　　　　)

書　名						
お買上 書　店	都道 府県	市区 郡	書店名			書店
			ご購入日	年	月	日

本書をどこでお知りになりましたか?

1.書店店頭　2.知人にすすめられて　3.インターネット(サイト名　　　　　　　)

4.DMハガキ　5.広告、記事を見て(新聞、雑誌名　　　　　　　)

上の質問に関連して、ご購入の決め手となったのは?

1.タイトル　2.著者　3.内容　4.カバーデザイン　5.帯

その他ご自由にお書きください。

(　　　　　　　　　　　　　　　　　　　　　　　　)

本書についてのご意見、ご感想をお聞かせください。

①内容について

②カバー、タイトル、帯について

そういうことか。まったく、ゲームやマンガじゃないんだから。…でも、僕も同じことを言ったかも。あえて和ませようと。

ともかく受け取ると、剣の柄（取っ手）が、所有者を「指紋認証」したのか、その瞬間に…まるで剣が身体の一部となったように軽くなり、どこまでも伸びてゆくような感覚が。さらに、何だろう…高度な「GPS」機能なのか、惑星の動きすら織り込み済みの好感度、高機能。狙い通り、ほぼ自動的に思い通りの軌道を綺麗に描く。

おそらく、この剣を無造作にぶん投げたとしても、自動的にターゲットを仕留め、そして自然と手元に吸いつけられるのだろう。それくらいの半端ないフィット感を瞬時に得た。握り締める。

「ありがとよ」

「いえいえ、元々少佐のものですから。それに、今だからこそ…この世界だからこそ必要かと」

4、きっと運命

後日すぐに、居候のランマルは、けっこうな重労働である野良仕事や警備の仕事を手伝ってくれることに。喜々として従ってくれる。もちろん心強いが。

「実は、少佐のご子息をモンスターどもが狙っているという情報もあるのです。噂…程度ですが」

「何の話だ？」

「おそらくですが…強力な魔法が使えるのでは？　今すぐではないかも知れませんが。敵…森を焼き払っている輩には大そう邪魔で、目障りなそうで」

「それは誰だ？」

「あくまで私の知っている限りですが、〝闇皇帝〟とか。それが個人なのか、組織なのか…何を表しているのか、分かりませんが。大きな脅威…現実となっています」

「不愉快だな」

「はい。詳しくは存じ上げませんが、やはり魔法か、それに生まれながらの…いずれ、将来…敵どもにとっては大きな脅威になるということでしょう。すでに恐れているようで」

冗談じゃない。やっと、こんな僕自身なんかよりも…ずっと大切な存在ができたというのに。純粋な殺意を覚えた。誰だろうと、妖怪だろうが魔物だろうが…たとえ神だろうが何だろうが、すべて斬り捨てる。血流が熱く躍り上がるような感覚を覚えた。

「そんな渦中で、ランマルの上司、その少佐どのは一体何をやっているんだ？」

少し自虐的に言い放ってみた。

「少佐は!!　…あっ、大声を出してしまい失礼しました。これまでも色々と考え行動し…やってこられました。しかし、身内にも…じじい、いえ長老たちが行く手を阻んできたり…内外からの敵に…、最後は…」

「そうか」

ただ頷くしかなかった。

5、いま目の前に、ひとつの朝

居候のランマルは、すっかり懐いている。

人手が増えるのは助かるし、心強いのは間違いないが。今朝も早起きして川に水を汲みに出かけ、さらに木の実などを収穫して帰宅した。朝食を準備するヨーコも嬉しそうだ。

僕より若くて…良い男だからな、なんて少し拗ねてみたら、笑われた。

「私がやりますので、少佐は」

とばかり言って、仕事を取ってゆく。一家の主として…まぁ実際にはヨーコの方が仕切ってくれているので、ますます肩身が狭いというか…、居場所に困るような気がしている。子どもの世話までランマルがしてくれる。草笛や笹舟など素朴な遊びだが、何だか絵になっている。

暇を持て余した僕は、森のパトロールへ。いや、いつもの日課なのだ。今日は聖剣とやらを携えて。何か食糧が見つかることもあるので。剣の素振り、打ち込みなどトレーニングの時間でもある。

もともと超高機能の剣だが、さらに人体とのシンクロ率を高められそうなので。肉体を鍛えることでシナジーを図る。

ランマルの話を少し思い出しながら歩いている。この世界の正体…というか、実態は、今もまったく摑めていない。把握できない。広いような、それでいて制限されているような。まるで、作り物のような気もする。変化しているようでもある。

よくできた箱庭や盆栽、ミニチュアのような感じか。

厳しい風雪を経たであろう古い社があって、あとは…とにかく深い森があるだけだ。その中で、自然の恵みによって僕ら一家は生かされているようなものだけど。やがて疑問すら抱かなくなったが。

深い…まったく向こう側が見通せない深い霧で遮られた場所。そして、樹木が密集し過ぎて、変形や変色して一切通り抜けられない場所。さらに、砂漠のように、ノイズの砂がどこまでも続いている場所。地域によっては、まさに迷いの森だったり。…いま現に迷っているし、危ない。

たまに能動的に押し迫ってきて、いずれ呑み込まれる気配、心配もあったりする。

非常に不安定な時間、そして空間。そんな印象だ。

でも、家の近くは比較的…安全というか安定している気がしている。社が目印になっているし、身体を清めるための湖などもあるし。子どもが大きくなる前に、家を増築したいとも考えているし、あの一帯は…なつかしい気もする。

6、神々との対決

いつものパトロール中だったが、突然の爆音！　あまりの衝撃に、心臓が止まりそうになった。

なぜか、例の…あの聖剣エクスカリバーの一部が光り、点滅していたので一体何か…気になっていたけど。その注意が良かった。剣身を抜き、素早く身構える。

モンスターとの遭遇は、度々ある。複数を相手にすることも、珍しくはない。

かつては瀕死の状態で、ヨーコに（深く…つながって魔法をダイレクトに注いで）助けてもらったこともあったが、今では反省して教訓を活かし、経験も積んでいるため、多少のことでは動揺せず平常心で挑めるのだが。

今回は、ちょっと…いや、だいぶ事態が異なっている。

土煙を纏ったのは、凶悪な角を有する牛のような化け物。見た目だけだと、巨獣ベヒーモスか。

強大過ぎる突進に対し、避けながらも一太刀を浴びせる。計算通りだ。聖剣は、神々よりプログラミングされたように時空を滑り、正確な軌道を描き、魔物の肉体に刺さり、肉と骨を容易く削ぎ落した。

いくら巨体とはいえ、内臓を破壊されたのは大ダメージだろう。走り抜けたまま木々に激突して動きを止めた。絶命も時間の問題ではないか。

だが、つい油断した。手負いの魔獣は、こちらを振り向く瞬間、顔前に何やら文字…空間に呪文のような文字や記号の集合体、得体の知れない光の波を出現させ、やがて具現化させた。

電撃のような、光る刃が押し寄せ、僕は咄嗟に剣でガード。

瞬時に、自動的にエクスカリバーが変形し、盾のような…こちらも光を放ちながら回転する円形のシールドに展開したが、激痛を感じた。

敵の魔法は、剣の左側に受け流された。

その理由は、すぐに分かった。簡単に。僕の左腕がいっしょに吹き飛ばされたからだ。そのおかげでバランスが崩れたのだろう。

あまりの痛みに記憶は歪んで曖昧だが、魔物は…渾身の、残りの生命をすべて賭けた一撃だったのだろう、…そのまま血と肉の塊となって自ら崩れ去っていた。

「少佐！」

薄れゆく意識の中で、ランマルの声がした。

「少佐！　大丈夫ですか!?」

大丈夫なわけがない。腕一本…失っているのだから。血液が流れ出ている感覚がある。血が抜け出ていく分、身体が冷えていくような…。

すぐに気付いたようで、ランマルは近寄ると…何だろう、同じように光の…魔法陣…いや、曼荼羅なのか、不思議な模様を空間に描き、呼び寄せるように記すと、生温かい傷口に触れた。

「失礼します！」

「おい…い、一体…何を!?」

信じられなかったが…徐々に無くなったはずの左腕が…根元…肩の付け根あたりから回復…、形成されてゆく。熱い…。


すっかりランマルは憔悴し疲れ切っている。そりゃそうだ、…徐々に治ったのは治ったが、ずっと長時間…手をかざしてくれていたのだから。とっくに陽は暮れていた。

「ありがとう」

「いえ、少佐のお役に立てて…嬉しいです」

「しかし、これは一体どういうことだ?」

呼吸を整えてから、ランマルは答えてくれた。理解はできなかったが、何となく分かった。

「治した…のでは、ありません」

「いや、おかげ様で、ちゃんと治っているけど。ほら、動くし」

「別の…並列世界から、移植…持って来たのです」

「移したってこと？　誰から」

「もちろん、少佐から。だから、決して多用はできないのですが。でも、事前に少佐から許可は経てましたので。万が一の時は…と」

「……」

「私が使えるのは…いわゆる魔法は…これが限界です。マジックですから、タネはあります。無…ゼロから何かを生み出せるとしたら、それは錬金術ってやつでしょうね。とても…私にはできません」

やっぱり、分かったような…分からない。でも、そういうことなのだろう。現に、無くなったはずのものが、蘇っている。

「でも、移植…借りてくるだけの技術ですら…できるという保証はありませんでしたから。この世界の周りには…蟲（むし）、…バグが蔓延り、囲まれていますから。…遮られてもおかしくはなかった。ラッキーでした」

「蟲って？」

一瞬険しくなったのは、僕の表情も同じだっただろう。

「この世界…いや、様々な世界を蝕むバグのことです。少佐の…別の世界のあなたのことですが、少佐の言うことには、人為的に並列世界を焼き払って工作したり、とある世界の土地問題のように世界そのものを高値で売買しているので、狂って…歪みが生じているとのことです。詳しくは分かりません」

それ以上は、僕の頭の容量をオーバーしている。すでに、だいぶ前からだが。

ただ、身体的には…生まれ変わった左腕は、むしろ強靭になったようだ。握り込みも、以前よりも力強い。これも一種のレベルアップか。自分の知らない、どこかにいる別の自分の存在を感じ、どこか愛しくも頼もしくもなった。この命…大切にしなければならない、そう改めて強く思った。

7、いつかの秘密基地

左手および腕を馴染ませるために、素振りや筋トレをする。ストレッチも忘れず。だいぶパワーアップしたような心地がする。

再びギターを弾けるかは…分からないが、どっちみち弦が錆びて、切れてしまっているので。

ランマルは、魔力を消費し過ぎたせいか、一時的に…数日は憔悴していて本気で心配したが、今は元気が戻り一安心。むしろこっちの傷を心配してくれる。

後日、改めて訊いたけど、…何だっけ、虫食い…蟲か、バグというかエラーみたいな。例のクリーチャー（ベヒーモス）が通常よりも強大に凶悪になっていたのも、そのバグを経たことで…歪んで強化されたようだ。ランマルも想定外だったと。本当に、とてつもない…ものすごいパワーと怨念だった。

今日も、日課のパトロールを遂行しているが、何となく…この世界、この空間が封鎖されているような気がしている。森も砂漠も、おそらく空も、すべてが。

　でも、逆に…守られているのかも知れない。いずれにしても根拠のない、ただの空想が続く。

　それでも、今日は…平和だ。

　帰宅するとヨーコと息子のタロー、そして居候のランマルが迎えてくれた。待っていてくれる人がいる…やっぱり、有り難いものだ。改めて、心から、そう思える。


　ある日のこと。想定外に巨大な魔獣…ベヒーモスの件がキッカケで、ランマルは「秘密基地」に案内してくれた。ずいぶん懐かしい響きだが。

　朝の陽射しで森は輝いていた。

　たしかに、子どもの頃に…あの憩いの森で作った秘密基地に似ていた。ただ、大きく違うのは、廃材などで作られているのではなく、ほぼ半壊しているが…機械や装置のような外見であること。でも、どこか見覚えがあるような気もする。隠すように、落ち葉や枝で埋められていたが。

　二人で、木の葉を払い落としてゆく。

　そうだ、初めて中古で購入した軽自動車。だいぶ破損しているが。かつて水色…まるで、いつかのデバイスのような神秘的な色に見えた。尋ねずにはいられなかった。

「これって…ランマルが運転していたの？」

「あ、はい。少佐の専用機でしたが、脱出するために貸して頂きました。かつての愛車だったそうですね。かなりのカスタマイズを施して、別の世界に保存…封印しておいたままで、いざという時のために。そして、いよいよ私を逃がすために召喚し、呼び寄せたそうです」

「次元…世界を超えて？」

「はい。無我夢中でしたが、何とかここに導かれるように…たどり着けました。何かしらの自動プログラム…機能なのでしょうか。分かりませんが」

こっちだって分かるはずがない。ただ、沈黙している…その愛機、かつての…いつかの相棒を。焦げや傷など、どこか生き物のようにも思えた。空間に同化していた。

「正直、ハイテク魔道戦車などの方が…心強いのでは…と思いもしましたが、その分…敵に探知、感知され易くもなるので、考え抜かれた上での…ご英断だったかと」

ランマルがここに案内してくれたのは、万が一何かあった場合の隠れ家、集合場所にできればという考えと、基地内にあるアイテムを僕に見せて何か役に立つかを相談したかった、ようだ。

基本的には…薬や銃器、武器などのようだ。いずれも今の僕が使えるような代物ではなさそうだ。あと、書物がいくつか。もっと近未来的な何か…って期待もしていたけど、案外こういうモノなんだろう。いや、着の身着のまま…じゃないが、この世界にたどり着くまでに必死に、失いながら、戦いながら…命からがら逃げてきたのだろう。

最終兵器ということなら、このエクスカリバーで十分だし。まだ色んな可能性を感じ、模索している。

8、二人の時間

その日の夜、タローを寝かしつけた後にヨーコと二人きりで話をした。ランマルはパトロールと言って、おそらく気をつかって…この場を離れた。

昼間に彼が話してくれたこと、実際に見てきたことなどを。ヨーコは、いつもの明るい瞳を真っ直ぐ僕に向けて、口元は冷静に、やさしい笑顔をしていた。

「ランマルの秘密基地を見ていたら…なぜか、妙に懐かしい気持ちになったよ。少年の頃に…作ったものとか。憩いの森…だったかな、あれが当時の僕の世界だったことも」

「…憩いの森？」

「ああ、正式名称じゃないんだけど、僕らが勝手に、そう呼んでいたんだ」

少し考えてからヨーコは、話し始める。

「そうなんだ…。でも、ごめん正直…私なりにだけど知っていることも幾つかあったの。でも…おかげで再確認できた…という感じかも。その森とか」

「ん？」

「私は、耳の形がこんなだし、眼や髪の色とか…コンプレックスというのが人一倍あったから。けっこう…図書館とかで自分なりに調べていたの。この耳の形も…そういうバグなのかも…って」

爽やかに笑っていた。

「小学校の頃ね、あなたが…好きだったファミコンだっけ？　私はよく分からなかったけど、よくバグが何とかって言っていたよね。…無邪気で、可愛かったなぁ」

「そうだっけ？」

「私は…よく憶えているよ。あなただけは、他の誰が何と言おうと、ずっと私に優しかったから。いつも味方で…楽しかった」

「それは…むしろ僕の方だよ」

「ありがとう」

「ありがとう」

同時に言った。自然と。そういう空気、…雰囲気だから。

日々の戦いに忙殺されて、普段あまり…こういう話をしてこなかったかも。もちろん心では、いつも…感謝。今では大切な家族だけど、いつだって愛しいし今も何度も恋しているから。

「左手、大丈夫？」

「うん。もう痛みとかはないから」

「…良かった」

気づけば泣いていた。いつもは強い彼女だけど。ほんの少し顔を横に逸らした。ヨーコの髪に…触れる、僕の左手。何だろう…不思議な感触。でも温かい感覚が…心臓にまで、沁み渡る。ゆっくりと満たされてゆく。

おそらく…分からないけど、きっと…この左手の…元の持ち主も…ずっとヨーコに触れたかったのだろう。

何らかの事情で、環境で…ついには叶わなかった夢が、奇妙ではあるが、こういう形で…ようやく実ったような気がした。

髪を撫でられ、とても穏やかな表情をしている。しなやかな躰、ゆっくりと体重をかけてくる。花のような…良い匂い。

生きている…そう感じられる。やっぱり…彼女に出会うため、いっしょに生きてゆくために…僕は生まれ、そして生きてきたのだろう。…良かった、これで良かったんだ。これからも…。

9、絶望よりも高速で翔べ

改めて…強く思う。実感している。

この世は、この世のすべては微妙なバランスで構成され、成り立っているということを。互いに影響し合っている。

自然界、生態系の如く。

ランマルが現れ、不思議な剣を授かった。それに合わせるかのように、エスカレートしてゆく異物、魔物たち。一度失ったが、新しい左腕。そして、…そもそもヨーコに出会い、最愛の一人息子が生まれたことなど…思えば、すべてが川の流れのように感じられる。

飛沫を上げ、場所によっては淀み、うねり、それでも流れ続ける。

並列世界…というが、それだけじゃなく、一つ一つの世界が上下にも浮き沈みしているような。数値で表せるとしたら実に細かく、無数に存在する天国と地獄を移動している。並列世界が横であるならば、天獄は上下、もちろん時間は前後か。この世界は前後左右そして上下（XY軸そしてZ軸）に揺れながら…漂っている…。どこに向かうでもなく、ただ…それ自体が生き物であるかのように。立体的に。枝葉を拡げ、伸びてゆく。

また、ある時は、枯葉が舞うように…落ちてゆくように、水面に落ちた葉が流れに呑み込まれ、水底へ沈んでゆくように…。

京の鴨川を死屍累々が埋め尽くした時代は、地獄のようではなく、まさしく地獄そのものだったのだ。さしずめ「血の池」地獄。重苦しい空気や悪臭、飢餓などはもちろん、世界そのものが堕ちていった。枝葉が血を吸うように。

その日は、突然やって来た。

いや、すべての因果関係が、その時に向かって伸びていっていたのだろう。数日前から、見慣れないキノコが生えているとは思っていた。その数が加速的に増加。動物の死骸もいくつも目にした。異常を感じた頃には…遅かった。

新種の細菌…なのかバイオ兵器だろうか。猛毒の胞子が撒き散らされ、水分や養分を吸い取られて枯れ果てた森は、非常に燃えやすかった。現実は、地獄でしかなかった。

家を捨て、飛び出した僕らだったが、逃げる場所はどこにも存在しない。

振り返った頃には、長年暮らした…思い出が詰まった家も燃え、消失していた。口と鼻を布でマスクのように巻き付けて押さえながら、業火でひしめき合う世界を彷徨う。

さらに悪いことに、見た事のない珍妙なモンスターたちが躍り出す。その醜悪な、歓喜の表情。奴等にとっては何かの…大きな祭りなのだろう。

斬り捨てても、殴り蹴り飛ばしても、まったくキリがない。

「基地まで、逃げましょう！」

露払いと殿を同時に務めるような慌ただしさと機敏さでランマルが、戦いながら叫んだ。秘密基地…あそこか。しかし…。

視界は薄れ、方向感覚も麻痺し、ここが何処で…何処に向かうのか、道も何も分からない。


そんな時、炎や歪んだ空気を吹き飛ばす、強烈な突風が。気配を感じる間もなく、その場のクリーチャーたちを乱暴に薙ぎ倒していた。

そして轟音、魔獣の雄叫び。

視界に巨大な深紅のドラゴンが鎮座し、こちらを見ていた。絶望感で、噴き出す汗すら凍りつきそうだった。

「探したぞ！」

…誰だろう。その声には、聞き覚えがある。竜の背に乗った戦士が大声で話しかける。独り言にも聞こえるが、とにかく大きな声だった。およそ半分は…人間の姿を残している。

「ようやく見つかったぜ。この折れた枝のように浮遊していた独自の、独立した…この世界。幸か不幸か、こんな派手にドンパチをおっぱじめやがったせいで、逆に見つけ出すことができたってもんだ」

「さぁ、少佐！　今のうちに。行きましょう！」

レッドドラゴンの突進で打ち壊された木々と、翼で煽られ消え去った炎によって開かれた道を僕らは吸い込まれるように、一目散に進んでゆく。

「あとは、殿は俺に任せろ！　…こんな俺でも、ようやく役に立てるんだ…！」

「しかし…！」

「振り向くな！　行くんだ！　…お互い無事に生還したら、また…どこかで呑もうぜ！」

背後で、最後の声がした。どこか懐かしい…友の声だった。

10、愛すべきダークエルフ

秘密基地。壊れた…いつかのデバイスが横たわっているだけだったが。そこに一人の妖戦士が立っていた。僕らの到着を見つけると不敵に笑う。

「やっと来たか」

誰だろう。己の身長よりも長い…奇妙な形状の剣を、すでに抜き身にして握り込んでいる。

どこかで見覚えが…いや、分からない。長い髪を結んでおり、半裸に近い…軽快で動きやすそうな服装だが、所々に金属のような不思議な素材の鎧が。耳は…ヨーコのように尖っている。肌は褐色で、聖なる戦士といった凛々しい印象も。

「まるで…お焚き上げだな、清めの」

「なんだと…!?」

「ずっと探していた。貴様は、間違いなく私の父上なのだから」

何を言っている？

僕だけを見据えながら、嬉しい悲しい不思議な笑みを浮かべながら。

「この世界ではないが…それは認めるが、貴様が犯したダークエルフの子、落し種が…この私だ」

突然どうした？ただでさえ、こんな時に。何が嘘か誠か、どれが真実で…どうなっているのか。ただ、今なら分かる。きっと…すべて事実なのだろう、と。様々な事象が交差し合っている。

「私自身、実際に会ってみて…どう感じるか、何を思うか…興味があったが。…美しい妻に、可愛い子ども。貴様の大切な物を…すべて鏖（みなごろし）にしたい。満たされたい。…ただ、それだけだ」

言い終わる前に、すかさず素早くランマルが斬りつけた。自動的に対応した敵の剣は、生き物のように形状変化して、的確にランマルを狙い、容易く片腕と片脚を切り飛ばした。

無残に落ちた身体と、その部位。血液の匂いが充満した。

敵は興味なさそうに、ただ僕の顔だけを見つめている。

「抱き締めて欲しい…なんて思っていない…から。…本当だぞ」

意外なことに…両目から涙が溢れていた。拭き取る素振りもなく、ずっと僕を見続けている。

「うぅ…少佐」

「ランマル！　大丈夫か!?」

「申し訳ありません。…どうやら、ここまでです。…ご一緒できず…無念です」

「ランマル！」

「それよりも…アンホワンティー…」

「え？　…アン…何だって？」

「以前、少し話したかも知れませんが…闇皇帝です。かつて少佐が極秘だと…教えてくれました。…すべての森…世界を支配しようとする…誰が呼び始めたのかは分かりませんが、闇…皇帝がいると。人間なのか…魔物なのか、よく分かりませんが」

「分かったから、もうしゃべるな！」

「もう私は助かりません。…少佐は、でも…その闇皇帝を斃すよりも…なぜか…救おうとしていたようで…」

ランマルの口から鮮血が吹き出す。それでも話し続けている。上体を持ち上げている僕の手や体にも。

「お別れです」

まるで自分が魔物になったように身体を瞬時に改造させ増強させると翼が生え、どこに隠していたのか、そこに存在していたのか、長く太い槍を片手で握り込んだランマル。杖のように地面を叩きつけながら勢いよく起き上がり、その勢いのまま敵に突進した。玉砕か。しかし、そう上手くいくものか…！

「こっちへ！」

空を裂くようなヨーコの声がした。秘密基地と言っていた壊れた車…デバイスの中に入ってゆく。

「どうして？」

「昔…憩いの森の…秘密基地で、皆がいなくなった後、こっそり…興味があって男の子たちが帰った後に、一人で入ってみたことがあったの」

車内に入って、さらに反対側のドアを開けると…そこには見たこともない…別世界が広がっていた。青空と雲…のトンネルなのか？　水の中にも思えるが、少なくとも森ではない空間が。

「その時、一度だけ…どこかへ行ってしまったんだけど。帰れたのか…元の場所に戻れたのかは…今でもよく分からないの」

そのまま僕は背中を押され、三人は異世界への入り口を進んだ。むしろ、落ちてゆく。最後に後ろを振り向いた時には、ランマルの首が宙に舞っていた。血と涙が吹き飛び…でも、穏やかな顔だった。まるで、大きな役目を終えたような…また別の世界へと…どこかへ帰れるような安堵の表情にも見える。

追手の声や足音が聞こえる。泳ぐように溺れるように、走って、迷いながら…ただ我武者羅に進んでゆく。

気づけば、僕一人だけになっていた。

ヨーコも息子も居ない世界。汗と冷や汗で濡れていた。疲労感に加え、悪寒のような…

身も心も凍える心地がしている。何処かで、はぐれてしまったのだろう。

よく見る…夢などのように。展開が連続的かつ滅茶苦茶で、支離滅裂でデタラメだが不思議な秩序というか因果律、理屈や関連性は生きている。

以前も…どこかであったような…。訳の分からない奇妙な展開になった。いくつもの並列世界が絡まり、触手のように蠢いている。

直ちに決意し、手にした聖剣で…追手の魑魅魍魎たちを殲滅…鏖にする。

そうすれば、すべての…世界中のモンスターが居なくなれば、あの二人は…どこへ行ったとしても死なない…生き残れる。安全になるのだから。

それでもダメなら、最後は自決しても良い。時空を超えてきた…このギフト、聖剣を信じて。

もしくは…この世界ごと斬り裂いてしまえ。そして…どこかへ…。

11、何度目かのゲームオーバー

ここは…どこだ?

闇しか見えない…闇しかない世界。僕は…生きているのか…?

「…先生!? 患者さんが!」

「ん!? 意識が…いや、しかし彼が目覚めることはないよ」

「でも、左手が…指が動いていますよ」

「本当だ。奇跡だな」

「聴こえているんでしょうか?」

「分からない。脳波は…微かに反応しているようだが。…いわゆる植物状態なのだからね」

「でも…一縷の望みが見えたような」

「かも知れないね。まだまだ医学や科学は、発展途上なのだから。何が起こるかは…分からんよ。神のみぞ知る…といったところか」

~続く?~
やめる?~

エルフの森で眠りたいⅢ（おまけ）

1、測定不能な暗黒遊戯

どこまでも…深い闇。いや、細か過ぎるだけで…無数に広がる世界。カオスで、ノイジーな…響き。重い震動。ノイズの海、カオスな塊の中。もはや自分が何者か…何も分からない。鈍く…しかし大きく遊泳している。彷徨い続けている…。意識も感覚もない…でも感じている。

まだ…消えていない。最愛の家族を…探し続けている。こんなに…なっても、今も、まだ、ずっと。

幾つものノイズやバグを…一向に構わず通り抜けてゆくたび、何かが剝がれ、崩れ去って行くような気もするが、同時に…目覚める…そして改めて探し物が、はっきりとしてくる。

さほど絶望でもない。

この身体…意識は、様々な世界に根や枝葉のようなものが引っ掛かり、こびりついて…異常で異様な存在となっている、という自覚はある。縦横無尽に成長して…伸びゆく世界を喰い散らかしているのかも知れず複雑な感情もある。

いや、もはや無い。

消えそうな意識と感覚だが、眼が開くのは…やはり美しい木々や川、海などの自然があるから。例外もあるが、醜い人間どもの営みが溢れ、垂れ流されている汚染された世界が幾つも存在するだけに…なおさら強い光となって、自然の美々しさが焼き付いている。

それでも、やはり…見つからない。名前は…忘れてしまったが、汚らわしい人間を超えた…あのエルフの娘。最愛の家族だった。僕が僕でいられた証。いまでも眩しい記憶、ただ…それだけなのだ。

2、ラグタイムで、ランダムな森の答え。歪み澄み切ったカオスの海原

闇よりも深い闇。砕け散った天使や悪魔でコーティングされている、この存在。身体という類のものではないだろう。意識…超越した存在、としか思えない。自分が何者かも…忘れている、膨張し過ぎたせいもあるかも知れない。拡大し、マキノ木々…森という森を彷徨い歩く。翔んで、游いで。触手や根を伸ばし。呑み込みながら。

幾千の…幾万の無限の風になって通り過ぎてゆく。何らかの影響を世界という世界に与え、相互に影響はしているかも知れない。

ただ、こちらとしては…どうでもいいことだ。

何てことはない、地獄とは…まさしく人間界のことではないか。餓鬼、修羅、畜生など、それ以上の異常さが。人間こそ、もっとも悪どい厄介なモンスターではないか。

神のみぞ知る…というが、今では…超越した存在として見るのであれば、我こそ…朕こそが、そうであるのかも知れない。

数々の時代や世界によっては…知った事ではないが、人間達が勝手に崇めているようで、

実に滑稽だ。

ただ、耳に入ってくる…ほとんどは邪神や魔神など。闇皇帝なんて呼ばれることも…ある。一体、何のことだろう。


ランダムな答え、バグの海なども含めた世界、深すぎる森林を彷徨っていると、精神が疲弊して…消えてしまいたくなる時も、一つの永遠につき一度くらいはある。

その影響か何なのか、いつの間にか…気づけば二枚の翼が生えていた。

片翼はコーウ、もう片方はカンウ。朕が想像…創造した、この両翼が一層の飛翔する力となり、いつしか朕の身を守ってくれているようだった。自然と、自動的に…。

思えば、いつだったか…かつて夢中で読み漁った歴史小説（司馬遼太郎氏の項羽と劉邦、吉川英治氏の三国志に登場した関羽か。コー羽とカン羽、まさにどちらも羽根）が影響し、具現化し、実際に…永い旅の中で本人達の魂に邂逅したことが、この2体の…暗黒の守護天使を得たきっかけだろう。

コーウもカンウも、虎や竜、魔獣のような強靱な肢体に、鳳凰や極楽鳥のような美しい翼と尾、長い髭も雄々しく美々しい。そして天界か暗黒界の独特の武器を携えていた。無限に成長し続けている。


いつだったか、朕を斃す…と、どうやってきたのか朕の前に現れた勇者たちがいた。興味があり、客として迎えるつもりだったが、いつも…コーウとカンウに殲滅、残らず惨殺されていた。見るに堪えなかったが、やがて慣れた。

まるで…朕は、2匹の怪鳥に寄生された老樹のように。いつしか自分自身ではコントロールも何もできない。そもそも、ただ漂っていたようではあったが…。朕自身は、惨殺などを好まず。

…やがて、何らかのきっかけで当初の目的…らしきものを思い出すと、気まぐれで2匹を…我が双翼を、消去…自ら握りつぶし殺めた。もともと存在していなかったのだから。問題ない。

その…きっかけとは、一人の少年だった。また…いつものニセ勇者かと思っていたが、どこか懐かしい…瞳の輝き。遠い昔に…いや、別の世界で…会ったことがあるような…不思議な感覚だった。

人外や、異形のモンスターに対してさえ慈しみ、やさしく思いやりがあって…友情すら持ち合わせていたり…。清々しい…春風のような、眼が洗われるような心地がした。

すでに痛みも苦しみも…悲しみも何も感じない身体になっているが、その時は…一筋の光を感じた。改めて…殺めて、壊してはいけない気がした。

…タロー…か？　愛しさ…なのか。

今ようやく、自分の名前を…思い出せそうな気がした。でも無理だった。

そうなると、朕は完全に浮力や方向感覚を失い…これまで以上にコントロール不能になって行った。そんな存在になった後でも…死もしくは何らかの消滅（変化）はあるのだろうか。大きな…空しさを感じた。

猛スピードで突き進み始め、加速し出すと、戦艦や潜水艇の船底にこびり付いたフジツボが剝がれてゆくように、これまで延々と朕に寄生、憑依していた様々な欠片が飛び散って、崩れ去る…。

どこが空かは分からないが、天を仰ぎ見た。…そこで一つの光を見た。そんな気がした。まるで流れ星のような。

遠い昔に忘れていた温度…なのか、温かさ。吸い込まれてゆくようだ。

3、眠れる場所

なつかしい…場所だ。

森の中、澄んだ空気…。

疲れ果て…消えそうな意識だったが、木漏れ日のような…光を鮮明に…感じる。憩いの場所ではないか。


地面に横たわっている…人間の体なのかは、自分でもよく分からないが、重力に従い…地面に倒れている。意識は浮遊したままだったが。

もう…疲れた。長過ぎた旅…ここで終わるのも悪くはない。自然と涙…が溢れてくる。


小さな社が…見える。何かを祀っているのだろうか。草の上には…何だろう、ギターのピックが落ちていた。汚れて変形した段ボールも放置されている。

朕は…僕は倒れているはずだったが、…魂なのだろうか、意識が移動して…流れて…その社の中に入り、見廻した。ただの何でもない木製の箱だ。でも…。

なつかしい…愛しい、恋しい香りがする。きっと、これによって…ここまで導かれたような気がした。

その社の中から溶け出すように…大地に根を張るように…意識が溢れ出してゆく。降り注ぐ雨のようにも思えた。そこで本当の死…終わりのような、新たな始まりを実感した。消えやしないが、物質として…いつまでも姿を変えて…。繰り返して…。

たとえ肉眼で見えなくても…存在しているから。


これで良い…。この場所で。

おそらく、ここが僕の場所。…僕がいた場所だったのだ。このまま眠ろう。

名前は何だったか…あの美しいエルフの娘がいた…エルフの森で眠りたい。もう…他に、何もない。何もいらない。ただ…。


〜完結〜

あたおかファンタジー

～「エルフの森で眠りたい」外伝～

●帝都の桜

時代が変わっても、不思議と変わらない。

落ち着く場所。


先の大戦でも、桜並木は何とか生き残った。日本は大きな激しい手傷を負ったが、生き残れた…そして苦しみを乗り越えて、生まれ変わった。

ここは上野公園。国立科学博物館や動物園、不忍池があった。かつては、猥雑ながら活気のあった場所。闇市から発展したアメ横も、もはや過去の歴史になってしまったが。

それでも、桜は残った。今ちょうど見頃を迎えている。


かつて、幕末には彰義隊が集い、新政府軍のアームストロング砲でことごとく呆気なく殲滅させられた場所でもある。旧東京大学のあった高台から不忍池の上空を弾丸が飛翔して、ダイレクトに兵士たちの体を貫いたらしい。

古から桜は血を吸い上げて赤く染まるというが、まさに今年の桜は…赤く鮮やかに、美しく咲いている。

●第三次世界大戦

「第三次世界大戦」というが、実際は「第二次日中戦争」であろう。米中というよりも。我が国が主役だ。

当初は、新型生物兵器や経済摩擦（貿易戦争）などから米中による大国同士の争い、攻防となっていたが、そこに呪縛を破った我が日本が一躍名乗りを上げたことで戦は本格化し、激しく燃え上がり…やがて今日に至る。詳しくは後ほど。

話は少し逸れるが、歴史や時空を考える際に「マキノ樹」という概念がある。今や一般的になったものだが。簡単に言えば、行動（選択肢）による分岐で、歴史の分岐点、分かれ道ともいえる。個々人の些細な行動はもちろん、人々が織りなす大河の流れでも同様だ。マキノ樹は〝枝分かれ〟し、さらに枝を伸ばし、また分かれてゆく。

個々レベルでは木だが、それが無数に集まって「大河」が如く「森」となる。それがマキノ森だ。

幕末の戊辰戦争も、幕府側が勝利した歴史も可能性が十分あったし、むしろよく新政府軍が勝てたとも思う。幕府と諸藩による合議、あるいは朝廷との公武合体が成就していた可能性も大きかっただろう。

さらに時が下って、大東亜戦争および太平洋戦争…「第二次世界大戦」だが、さすがに米英ソ中（豪）による連合軍に勝つのは至難の業だったと思うが、大きな分岐点としては終戦。降伏か、本土決戦か。実際に、日本陸軍の一部によるクーデターは起こり、玉音放送のレコードを奪う事態も。様々な可能性があり、無数の危険を孕んでいた。

もしも、そうなれば我々の知っている…そして今ここにいるのとは違う…あるいはまったく別な世界になっていただろう。


話を先の大戦に戻す。

なぜ、あえて、おとなしい日本が超大国同士の喧嘩に躍り出たのか。もともと両国には挟まれ、翻弄され続けてきた歴史があり、必然だったのかも知れない。

結果的に…いわゆる「戦後」を本当の意味で終わらせることができた。暗黒の「昭和」、渇望の「平成」、そして運命の「令和」。この間…本当にこの国は病んでいた。戦前が、いくら軍国主義だったといえど、いかに〝まとも〟だったか痛感するほどに…病んでいた。

そもそも戦前・戦中の大日本帝国に対するネガティブな洗脳である占領軍ＧＨＱによるＷＧＩＰ（Ｗａｒ Ｇｕｉｌｔ Ｉｎｆｏｒｍａｔｉｏｎ Ｐｒｏｇｒａｍ）も大きかったし、政治・経済を裏で操るいわゆる嘘か誠かジャパン・ハンドラーズたちの存在。テレビは洗脳装置。日本にかけられた呪いの数々よ。

何より酷かったのが、この病体に対する大陸や半島からの工作員による諜報活動か。スパイ天国なんて揶揄されたものだが、実際のところ反日スパイの暗躍で自国の憲法改正もままならなかった。スパイあるいは売国奴たちは、政治家や官僚、マスコミ、企業などに深く浸食し、この国を蝕んでいた。このままでは、いずれ朽ちて…死にゆく身だったであろう。

ただ、それを一発逆転、一念発起で覆したのが先の大戦だ。

前述の通りの状況なので、駐留軍がいるといっても米帝はあてにならず、結局は地理的にも対峙している我が国が戦火から逃れられないのは自明の理だし、これまでのように米帝に利用されるのは、火を見るよりも明らかだった。

余談だが、むしろ米帝は、日本の仕返しを恐れていた。日米貿易摩擦やバブル経済、第二次世界大戦でも一生懸命に良い物を作り上げてしまう日本を。戦後も、執拗な呪縛をかけ続け、利用しながら国力を削ぎ…搾取することで自国の養分にもしていた。実に分かり易い構図だったが、気づかない国民は少なくなかった。いかに巧妙で狡猾だったとは言え、何とも情けない話だ。

かつて三島由紀夫と盾の会は、クーデターによる決起を夢見たが、後年…やはり現実の敵を、脅威を目の当たりにして、目覚めた。

紆余曲折はあれども、ようやく警察予備隊だった自衛隊は合法的な軍隊に生まれ変わり、十分に相互主義の範疇である正当な核武装もできた。やっと普通の国になり得る。

前述の通り、それまで唯一の原爆被害国であり、器用で勤勉のためすぐに良い物を作ってしまう日本人を危険視し警戒していた米帝と、これによって設立された原子力の監視役ＩＡＥＡだが、我が国は世界征服を目論む中狂との戦い、人権問題や世界平和のためと半ば強引に自浄を進め、欧州やアジアの国も引き込んで交渉し、やがて成就した。

ファイティングポーズをとり、売られた喧嘩は買う。それだけだった。超シンプルな清々しい相互主義。その当たり前のおかげで…どうにか正常化した。

形骸化した「国連」の必要性に関しては大いに議論すべきであろうが、日本は常任理事国に還り咲くこともできた。

なお開戦までは、国益を自ら売り飛ばす先人達を恨んだものだが、逆に、その分こちらには１００％まったく非がないと開き直れたので。思い切り戦えた。敵兵をことごとく殺すことに何ら躊躇いもなく、むしろ確実な正義を掲げられたのだ。

これまで散々裏切られ、利用され、挙げ句の果てには先に売られた喧嘩なのだから。心の痛まぬ鉄拳ほど痛快なものはない。士気は高かった。

それだけは唯一、「戦後を見て見ぬふりをしてきた」無責任な先人たちに感謝したい。

●THE SUN WILL RISE AGAIN（陽はまた昇る、何度でも必ず）

私は、新たな日本陸軍に在籍している。

戦前は、普通自動車しかもオートマチック専用のライセンス（免許）しか持っていなかったのに、大陸では超機動ハイテク戦車を乗り回し奮闘した。

多くの戦友を亡くした。

この大戦も、もちろん歴史の大きな分岐点で、皇国の興亡を賭けた大勝負だった。戦前から巧妙にあったが、戦時中も国内を分断し、情報や利益を吸い取るため、チャイナマネーによる買収やハニートラップ（美人局）などの諜報活動は実に熾烈だった。

とにかく、ただ必死に戦った。愛する家族、愛すべき友たちのために。


結果的に、我が国率いる連合国側が勝利を収めた。

私自身、中華料理や拳法、麻雀などは好きだし、三国志や水滸伝も愛読していたので色々と残念な気持ちだし、人民は中狂の暴走の被害者だと思う気持ちもあるが、ともかく中国は連合国などによって斬り裂かれ腑分けされた。ハイエナの如く、あとから腐敗臭を嗅ぎつけて参戦してきたいつもの強欲ロシアにも一応一部くれてやった。

もともと歴史学者や政治学者が言っていた。とにかく国が大き過ぎるのだ。コントロールできるはずがなく、しようとすれば必ず圧政となって強引に締め付けざるを得なくなる。かつて諸葛亮孔明は、三国で均衡をとり、互いにコントロールすべしと説いたが、それよりも無残に喰い千切られてしまった。

思えば、欧米によって喰い物にされた世紀の反動…が、第三次世界大戦を引き起こしてしまったのかも知れない。哀れだが、今となっては是非もないことである。

これもマキノ…仮定の話だが（ただ「歴史にもしもは、ある」ので）、かつての「唐」のような国際都市になれたら、中国は本当に世界の中心になれたかも知れないし、世界が歓迎したかも知れない。むしろ日本にとっては本当の脅威かも知れないが。それでも、やはりコントロールし切れず分裂するのか。

かつて、欧米に喰い物にされていたアジアを救った愚直だった日本。この時から、色々と運命は始まっていたのか。いや、もっと遥か以前から、ずっと今日まで続いている。歴史が途切れることはないのだから。

そして現在の我が大日本帝国は、かつて満洲と呼んでいた中国東北部を再び得るに至り、都市名は当時と同じ新京とした。

ちなみに朝鮮半島は、半島国家ゆえに生き抜く大変さもあったのは理解できるし、かつての宗主国の呪縛もあっただろうが、同盟国を欺いてきた報いなどもあり、再び戦場となって永久焦土と化した。動物も植物も、おそらく一つも生きてはいないだろう。因果応報、自業自得とはいえ、さすがに空しさも覚える。同情も…とはいえ選択肢を間違えてしまったのは、誰のせいでもない。残念だ。

激動の大陸と半島を省みるに、我が島国は…何度も病死しかけたが、今日の姿まで復活できたことは奇蹟に近いだろう。もっと…バッドエンディングの可能性…並列世界もあっただろう。…いくらでも。

（そういう意味でも、ただ歴史を知るだけではなく、マキノ樹を通じて現実としてｉｆの想像力を働かせることを期待したい。特に、枝分かれするため未来の方がより広大で想定外が多い）。

そうして改めて平和を噛み締める。本当の意味で。もはや、あの頃の平和ボケではなく。そして、改めて明治・大正時代の頃のように、肩を並べて欧米列強との…もしかしたら最終決戦のようなものも…あるのかも知れない。同じ轍は踏めないが。

そのために…我々帝国軍人が、先ず頑張る所存である。

今だって正直、かつての関東軍のように威勢の良いことばかり（下剋上など）を慶ぶ気風が軍人および組織にはあり、無謀極まりないことも多いので気をつけたいが。同じような過ちは犯すまい。学ぶのだ、歴史から。実らなかった数々の枝葉からも。

私自身は野心も何もない。…ただ、軍の上層部…に巣づく老人たちが何を考えているかは分からず、多少…不気味ではあるが。一見同じようでも、熟すのと腐るのでは大違いだ。

●果てしない運命の森の中で

「森田少佐…殿、でありますか？」

本日は勤務外のはずだが、声をかけられた。

ちなみに、この「森田」は仮名というか、母方の旧姓。一応そう名乗っている。

「今日は制服ではないが…よく分かったね」

「はっ、申し訳ございません」

「何か用かな？」

よく見れば、若い…兵士が数名、最敬礼をしている。肩に満ち満ちている力みがよく分かる。何をそんなに緊張する必要があるのだろうか。

「いえ、たまたま…お見かけしたものですから、失礼とは思いましたが」

「大戦で…どこかで会ったかな？」

「いえ、そうではありませんが…森田少佐といえば、いまや伝説の大日本帝国軍人ですから。少佐殿に憧れて軍に志願したくらいで」

ずっと緊張…恐縮している。まぁ、たまに…こうやって声をかけられる、別に珍しい事じゃないが。

「伝説なんて大袈裟だな。ただ、たまたま…偶然、生き残っただけさ。他の戦友たちが皆…天に召されてしまったからな。それで、私だけが」

率直すぎて意外な返答だったか、少々困惑しているようだ。それを分かっていて言っている自分が…滑稽で、情けない感じもするが。戯れだから許せ。

「これからは君たち若者たちの時代だ。健闘を祈る」

そうとだけ言い残して敬礼すると、視線を切った。いかなる場合でも戦争を美化するのは、まったく好かない。ましてや…あれは、あくまで防衛戦。英霊たちに背中を押されるように…今はただ生きているようなものだ。勲章や階級にはまったく興味もない。

それよりも…ずっと気になっていたのは、大陸で出会った女性、そのことばかりだ。終戦後…改めて探しても、今日まで一度も再会を果たせないままで。

かつての日露戦争でも戦場となった黒竜江（アムール川）のあたりだったか…内モンゴルか、正直ただ生き抜くことだけで必死だったため、正確には…まったく分からない。記憶の錯綜、精神的な問題、記憶障害など…もしかしたら幻想だったのかも知れない、そういった可能性もまったく否定できやしないのだから。

もともと、漢民族が築いた万里の長城は、同民族と夷敵である満蒙民族、ツングースそして倭（日本）などとの線引き、境界線であった。実際、太古から壁の内外で戦いは続いていたし、あの大戦も…しょせんはその延長線上にあったのかも知れない。

そういう意味でも、たぶん…確か、あの人は…こちら側、長城の「外側」だったような気はしている。

そうだ、砂漠も…あったような。この世の終わりのような一面の砂塵地帯を抜けて…オアシスに思えた、森に囲まれた小さな町。少数民族なのか、すごく親切にして頂き、何とか一命を取り戻した。そこで、その時に知り合ったのだ。あの深い…それでいて宝石のような明るい瞳に。

言葉は分からなかったが、日本語の語感で聞こえたから〝ヨーコ〟と思えている。リョーコやユーコかも知れないが…。おそらく現地のネイティブな発音では、厳密には異なっているのだろうが。しかし、少なくとも、嫌というほど地獄を見て、さらに更新し続けていた私にとっては故郷に対する哀愁の想いとも重なり、ヨーコと…言っていた。

彼女の方も、…そんな呼びかけに笑顔で反応してくれた。

うん…いかん、いかん…思い出しただけで涙腺が…。こんな街中で、人目もあるのに。

本当に…命の恩人であるし、狂気の戦…その中で唯一、こんな私に生き甲斐を…そして安らぎを与えてくれた大切な女性なのだ。

風にそよぐ髪と日焼けした美しい肌、凛々しく整った顔で…やさしく微笑んで、いつも…声をかけてくれた。

やがて自分自身や祖国よりも大切な存在になっていた。いつの間にか彼女…ヨーコや村の人たちを救うための戦いに…なっていた。それで良いと思ったし、そのような気合があったからこそ…今日の自分があるのだと確信している。でなければ、とっくに野垂れ死にしていた。

感謝…なんて生ぬるいものではなく。いつか…いずれ一緒に暮らしたいと思っていた。心の底から、強く…熱く。

陳腐な言葉以上に…この想いが、触れ合う肌の熱さで…伝え合い、愛し合っていた。お互いに…必要としていた。少なくとも私は。できれば離れたくはなかった。

純粋に、とにかく生存が気になる。一目見て、そして一言…改めて礼を言いたい。

●己の中で伸び続ける枝葉、まるで触手の如く禍々しく…しかし鮮やかに

ここは行きつけの精神科医。

はじめは戦争中に殺め続けたことと、仲間がすぐ傍で死に絶えていった…あの地獄で、

いわゆる心的外傷後ストレス障害（ＰＴＳＤ）の疑いがあったことから通い始めることに。今も昔も、軍人の宿命か。戦場では皆、壊れて人間ではなくなってゆく。

ドクターは、一見…気難しそうな男だが、私の姿を確認すると表情を明るくした。これまでカウンセリングと称して色々と雑談をするうちに、互いに身の上話もするようになり、打ち解けていった感じだ。

「おぉ、少佐」

「今日もよろしく頼みます」

「ご気分は？」

「悪くないです。むしろ、ここを訪れることでリラックスできます」

「そういっていただけると、我々も救われます。さぁ、こちらに」

処置室ではなく、院長室に通される。いつものことだが。ちょうど今は昼休み、他の患者さんも来ないので、毎回この時間。以前は血液検査もあったので昼食をとる前に。

「少佐のお好きな、うな重を頼んでおきましたよ」

「ありがとうございます。でも毎回申し訳ないです。私は、ただの患者としてお伺いしているだけなのですから」

「まぁ、そうおっしゃらず。ただの…友人としての、ささやかな気持ちです」

「そうですか…では、遠慮なく」

多くの人間が…さきほど上野で声をかけてきた少年兵たちのように、妙に私を英雄や伝説として見る人が多い中で、こういう自然な関係や時間は貴重だ。それに、うなぎは大好物なので、ありがたい。

雑談の中で、思い切って…戦中に命を助けられた、あの森に囲まれた村の話を吐露してみた。幻想…幻覚、果たして本当に夢か何かだったのか。そればかりが気になり、職務にも気が…身が入らない。徐々に気になって…膨れ上がってゆく感覚。苦しいのだ。もう、軍人として…潮時なのかも知れない。やはり復興は、もっと若い世代に…。

「ははぁ…大陸では、そんなことが」

「いいえ、ただの幻想…精神障害の一種かも知れないのです」

「どうでしょうか？　…地獄に舞い戻るのは気が引けるでしょうが、一度…その場所へ戻って、記憶の糸をたどってゆく…というのも有効なのでは？　一応もう今は戦後ですし」

「えぇ…」

「帝都の再建も重要な責務でしょうが、新京でも色々と課題が山積していると聞きますし」

「それは、その通りだと思います。…ただ、その場所が正確に分からなくて。私が赴任し、進軍していったポイントをたどってゆけば…おおよそは分かるのかも知れませんが。でも、本当に砂漠に浮かんだ蜃気楼のように実態が分からないのです。まことに不思議で、狐か狸に化かされたような」

「なるほど…」

熱い緑茶を飲みながら、取り留めもなく話す。自分に言い聞かせているようでもある。

「少佐、これは…あくまで…もしも興味があればの話ですが」

「何でしょう?」

「帝国陸軍の科学研究所に赴かれてみては?」

「研究所へ?」

「はい。戦前から長年…国大と重工が研究開発を進めているという」

「兵器ですか?」

「国内のスパイを一掃できたことで一気に研究が加速したと聞いておりますが、一種のタイムマシンとか」

「タイムマシン? それは…失敬、つい笑ってしまって。まるでマンガのようだが…そのマシンが、本当に?」

「はい、いつの世でも…戦争は兵器を含め科学技術を飛躍的に発展させますから。タイムマシンといっても…過去や未来に行くだけではなく、技術躍進によって…たとえばドローンのようにピンポイントで、ゆきたい時空へ行けるとか」

「ほう、それはすごい。正直まだ眉唾だが、それが実用化されれば…いや、むしろ悪用されないか心配だな」

「まぁ…確かに」

「先の大戦で、この国が生き残れたのは良いが、…また新たな戦の気配も…ある。詳しい事は他言できないが。…また軍が暴走しなければ良いな。歴史は繰り返すと言うし」

「左様でございますな」

「それにしても、ずいぶんと詳しいですな。いくら軍医も兼務しているとはいえ」

「少佐をはじめ茶飲み仲間は少なくありませんので…」

「ありがとうございました」>SKIP
医院を出たその足で、例の研究所に向かった。まだ陽は高い。

●悠久の砂塵の中で、無くした心と自分を取り戻すため

今では珍しいタイプだが、昔から愛用しているワイヤレス・イヤホンで音楽を聴きながら移動。廃線になってしまった鉄道も多いが、帝都を走る電車を乗り継いで。

帝国陸軍科学研究所。従来は科学技術といえば、洗練された…尖鋭的で病的なほど清潔なものだという印象だったが、大戦を経て…何やら得体の知れない不気味な、非人道的な魔の道というイメージが強い。

だから同科学研究所は魑魅魍魎が跋扈する伏魔殿と思えて、普段はまったく近づくこと

なく、むしろ避けていた。…が。さて…。


「おぉ、森田少佐」

「え？　…あ、これは馬頭大佐」

おっと、つい戦時中の癖で大佐と呼んでしまったが、現在は階級が上がって中将だった。

「失礼しました、中将殿」

「いやいや、森田こそ…俺なんぞよりも、戦歴や実績を考えれば、もっと出世すべきだったのに。一体どれだけの捕虜を救出したか…」

「ははは、まったく興味ありませんな」

「相変わらずだな。…やっぱり酒も女も、興味ないのか」

逆に、馬頭中将の酒と…遊郭好きは、まったく…ついていけなかったな。

むろん尊敬はしているし、色々と教えて頂いたので。特に、剣道は九州でトッペレベルらしく、確かに凄かった記憶がある。

「まぁ酒は…たまに呑みますが」

「ならば、また…一杯やろう。しかしお前は、ある特定の考えや主義を抱く者を、酔っ払いと斬り捨てるからな」

また古い話を。確かに…司馬さんの影響だろうか（コラムか、エッセイだったか）。極端な右派も左派（特に非人間的な理想を妄信してしまうのは…こちらか）も、とにかく何とか主義というものは自分の理念に酔い、さらに押し付けるように…絡み酒をしてくる。

そういうのが非常に鬱陶しいのは事実だ。そう思っている。

むしろ坂本龍馬なら、右も左もなく、倒幕（勤王）も佐幕も日本人同士が憎み合ってどうする…手を取り合って外国に挑めと言っているだろう。

「いきなりだが今日は？　予定がなければ、このまま呑みたいところだが。…何か用があって来たのだろうな」

「えぇ…馬頭さんだから、隠さずに言いますが…何やらタイムマシンがあるとか」

「タイムマシン？　それは…まるで昭和の…、なつかしき響きだが」

「私は、マジですよ。…いつだって。よく知っているでしょう？」

「ふむ。…ならば、なおさら…この後、付き合ってもらおうか？」

「ん？　…何に？」

「むろん呑みに。上手い焼酎がある。…来い！」


こうなると、いつもの馬頭中佐…大佐？　いや、今は中将だったか。

この男のペースだ。まぁ、嫌いじゃないが。それに…あんたのおごりだぜ。

「まったく…なっとらん！」

陸軍の話…よりも、なんだろう…けっこう大風呂敷で、世界情勢とか…とにかく色々と語ってくれる。加藤清正か、豪傑…そんな感じもする。しかし、世間が必ずしも軍人やサムライに好意的とは思わない方が良い。

酔うと、大戦後は…特に、欧米への文句が多いかな。しょせん大国なんぞ、いくら大国と言ったって…昔の人間が敷いたシステムや国力に依存し、自力ではなく既存のシステムに胡坐をかき、肥え太った政府に寄っ掛かっただけの愚民だ、楽なものだと。

毎度のことなので言いたいことは分かるが、仕方があるまい。いや、そういう気概とか武士(もののふ)の心意気や魂なんかは好きなのだが。…むしろ、そういう気合を入れてほしくて、こうして付き合って…呑んでいるのかも知れない。

うん、自分でもよく分からない。とにかく、嫌じゃない。久しぶりに楽しい。

「それはそうと、タイムマシンの件ですが、…陸軍研究所にあると聞きました。もちろん情報源は言えませんが」

「ふん、戦友の考えなど、俺には分かっているわ。どうせ…」

「なんでしょう? …上官とはいえ、無礼に対しては鉄拳で応えますが」

「相変わらず恐ろしい男よ。…大陸で、何かあったのであろう」

「そりゃ、そうでしょう。あなただって。本当に、よく男泣きしていましたな。まるで三国志や戦国時代の武将たちのように。人目も気にせず、滝のように。こちらももらい泣きしてしまいました」

「あぁ、あった。…本当に、お前には世話になった」

「いや、…で、肝心のマシンなんですが」

「あれは、タイムマシンなんかじゃない！」

「声デカイな～相変わらず。けっこう唾も飛んでますぜ」

「気にするな！　…大戦の…大陸では、何日も呑まず喰わずの日もあったし、衛生面なんて最悪だったからな」

「自分の唾しぶきを正当化するために、大戦を持ち出しますか」

笑ってしまった。いや、嫌な気持ちは一切ない。いつも勇気と元気を貰ってきたのは事実だし、今も嬉しい気持ちではあるのだから。

「…今もよく夢に見るよ。…森田は？」

「そうですね、まぁ…たまに。当時…今もですが陸軍の戦車隊長として私は、主に長城の外や周囲を攻撃。馬頭さんは、たしか航空隊を率いて北京を総攻撃したんですよね」

「…まぁな」

だから大きな手柄を得た、美味しいところを持っていった…というわけだが、そんなことは正直ほとんど気にしていない。いよいよ敵を追い込んで、最終決着…というあたりで連合国…あざとく目ざとい（臆病なくせに、いや…だからこそ悪知恵が働く）狡猾な白人たちが乗り遅れまいと一斉に…死体に群がるカラスの如く空撃…総攻撃を仕掛けていたので、我々も乗り遅れるわけにはいかなかった。あの時の電光石火の判断および行動は流石だと思っている。

それでも、だいぶ国土を譲渡してしまったがな。いずれ、…また新たな因縁を産み落としたような気もするが。腑分けしたことで、今は再び露蒙（ロシア・モンゴル）などと大陸で国境を接することになったのだし。

「それは、正直どうでも良いんで、今は。…それよりも」

「あぁ、お前の言うタイムマシン…か」

「違うんですか？」

「そうだ。…時間なんて、戻れるわけがない。もしも万が一そんなことができようものならば…歴史なんて何の意味もないし、俺らの必死の努力も書き換えられる…ってことだろう」

「ただ書き換えるだけなら…過去だろうが現在でも、未来でもできますがね。どうやら日露戦争の時もそうだったようだが、勝利こそ危ない。油断し、何も学ぼうとしないし反省など皆無だ。狂っちまうし、やられますよ」

「うむ、耳に痛いな。老人たちも…それに一般の兵士たちも。…うぬぼれている。自ら成長を止め、…増長しようとしている。どうしようもない」

「いつの時代も、人間ってヤツぁ…どうしようもありませんな」

「いや、そう吐き捨てることもあるまい。先の大戦では…森田、お前の働きは大きかったし、俺も救われた一人だからな」

…そこまで酔ってはいないつもりだけど、なんだか同じようなことを繰り返し…それに話が逸れて…なかなか肝心な内容にたどりつけない。もしかして、意図的に…わざとか？

実際だいぶ酔っている。珍しく、さらに楽しくなっている。

「馬頭さん」

「なんだ？」

「なんで、さっきから話を誤魔化す…反らすんです？」

「あぁ、タイムマシンなんて実は、よく知らん」

「…そうなんですか？」

「露骨に怪訝な顔をするな。あくまで内部の情報によると、…とはいっても噂程度だが」

「是非、伺いたいものですな？」

「そうだな…時間や空間とは関係あるようなのだが、最新鋭で我が大日本帝国しか保有していない最高級テクノロジーの新型爆弾とか」

「はぁ…まぁ、ありえなくはない話ですな。時空もぶっとばせるのかな？」

「あるいは、海軍と極秘共同開発中の超弩級大和型原子力潜水艇とか、空軍と秘密裏に開発を進めている超時空宇宙要塞とか」

「なんか、本当にマンガみたいになってきましたな」

大きな戦争が一先ず終わったのは事実だが―戦後処理という意味で―まだ次の…いずれぶつかるであろう米帝や恐ロシアなどを視野に入れれば…まぁ当然のことではあるだろうが。むしろ今…増長した大日本と、弱体化した各国との差を開く絶好の好機…と捉えられなくもないが、それこそまさに軍の老人たちの考えで、もう誰もが戦争なんてこりごりなのさ。個人的には軍縮を進めてもらいたい、もちろん各国も。

　もちろん、大陸においてロシアをはじめ各国と互いに国境を隔て、睨み合う状況となった今や、確かに避けられないのも事実だが。あらゆる可能性が考えられる。

「おそらく核以上の…おそるべき黒魔術的な何か、かもな」

「黒魔術？　なんです、それは」

「それだけ邪々しい、狂気の所業…というたとえだ」

「ふ～ん…」

　この話は、これっきりにしておいた。どこで誰が聞き耳を立てているのかも分からないし。酔ったふりで。大陸での諜報活動などを通じて、私はこういう面でも神経を使う。いや、軍人なら普通のことか。用心、用意周到なことに超したことはないし、とにかく隙は作るべきではない。武道などと同じだ。

　それに、これ以上無理に訊いても、せっかくの酒が不味くなりそうだ。


「森田よ」

「なんです？」

「こちらからも訊きたいが、なぜ…そんなことを訊く？」

「先の大戦で…後悔したことがありましてね、できれば戻ってみたい…と考えることもあるのですが、あんな無残な…酷い経験はもうしたくないとも思っていまして」

「うむ、同感だな」

「でも…まだ気になっている。その気持ちを整理したいと思っていまして。本気で、過去に戻れるとか…そんなこと思っちゃいませんので」

「…女か？」

その日は、思っていた以上に…遅い帰りとなってしまった。呑み過ぎた。

帰り道、あえてオフにしていたスマホ…デバイスの通信を回復させる。繋がり過ぎているネットワーク…むしろ戦争を通じて各段に進歩したが、逆に人間が管理、監視されている風なのが気に入らないし、馬頭さんとの話は変な誤解を招きかねないからな。ただでさえ陸軍幹部同士の密会…という感じだし。

昔と違ってゲスなマスゴミが嗅ぎつける…とか、そういうのはないが。それよりも誰でも容易にアクセスやハッキングできてしまうのが逆に、さらに危険かも。軍が規制をかけているわけではなく、あくまで総務省の管轄だし。

ただ、我々軍人は、常に天皇陛下とオンラインで実質つながっている。戦争の名残だが。音楽や酒などよりも、よっぽど胸が熱くなった。もともと…かつては、ただの公家だと小馬鹿にしていた若気の至りもあったが、実際に…やはり日本国民がまとまり外夷を打ち破るためには重要だと知らされた。だいぶ昔から分断工作等は浸透していたので。実務を通じて…普通の国なら当たり前である愛国心なども色々と実感した。

家に着いたら、水飲んで…早めに寝てしまおう。疲れた。

●いきなりファンタジア

目覚めると、…ん？　どこだ…ここは。

懐かしいような…知らない場所のような。不思議な風景だな。

というか…やばいな。一体…昨夜は何を呑んだんだ？　何杯？　…いつ敵に殺されるか分からないという経験もした、だから…こんなに無防備に泥酔することなんて…ないはずだったが。いや、家に帰った記憶もちゃんとあるんだよな…。

もしや馬頭さんに一服…盛られたか？　可能性は色々と…考えられる…いや、ないな。

あるいは、心当たりといえば…スマホの新しいアプリをダウンロードしたくらいだが。

まったく、どこだよ…ここは？

悠久の大地。通り過ぎる風。砂埃を巻き上げて、あたり一面に。

私の記憶が間違いでなければ…ここは大陸、まるで…まさに、先の大戦の時に見た、中国なのか。遥かなるユーラシア。なお、欧米が調子に乗って、のさばっているが四大文明はすべてこの大陸から、だから。黄河、メソポタミア、インダス、チグリス・ユーフラテス、どれも欧米ではない。しかも黄河文明が最初とされている。謎の上から目線は…コンプレックスや臆病さの裏返しであろう。

それにしても一体…いつだ？　今は？

モンゴル…のような？　いや、でも…どこかで見たことがあるような…。正直、なつかしい気がしている。

悠久の大地に、雄大な大空。絶えることのない歴史の大河、枝葉じゃない…太く雄大な幹だ。

酷く…喉が渇く。砂塵で視界が歪む。慣れない光がリアリティーを歪めている。

我は兵士…というよりは現在形のサムライか？　手には銃などではなく…刀を握り締めている。どういうことだ？　彷徨い…迷っている、でも…体は確実に、どこかに向かっている。精神か…全身全霊という表現がピッタリだ。魂が…向かって言っているような感じ。

もしかして…死んでしまったのか？　私は…。仏教では、西方浄土というが…西の方角に向かって…彷徨い…進んでいるようだ。自分の意志であるが、意志とは関係ないような気も…。ただ自動的に…。

すべては…無意識に過ぎない。あまりに重厚なリアリティーではあるが。まるで大戦のようだが…、何となく…大日本帝国や連合国が敗北した…別の世界のような気もする。

現在進行中の…この旅の途中、…ロールプレイングゲーム（ＲＰＧ）のように、山賊などの敵に遭遇する。本能的に斬り裂き、蹴散らし進んでゆく。

さらに、生物実験か環境破壊、汚染などで歪められたキメラ（キマイラ）のような奇妙な生物が出現したり、夢にしてはリアルだし忙しない。現実なだけに、ＲＰＧよりも遥かに悪趣味で、悪臭も…。それでも突き進んでゆく。

すると…気が付けば、いわばセーブ地点に到着していた。

アジアの片田舎なのか、記憶の中に根付く原風景とも言えそうだが…なつかしい気もしている。日本人の私にとっても。かつて読んだ三国志や水滸伝で…垣間見た風景か。

とある森の中。

水…湖もある。独特の居住エリア、人々が生活している。清潔で清楚、忙しく…よく働いている。勤勉で、自然と調和している…そんな印象を受けた。

肌は日に焼けていて、健康的だ。一目見て気づく特徴は、耳が…長く尖っていること。

かつて漢民族は、壁（万里の長城）の外を夷敵…野蛮人と決めつけ、獣として民族の名称にも獣偏を勝手に…一方的に付けた。倭（日本）なんて人偏がついているだけ、まだマジだったのかも知れないが。

なので、猫族（ミャオ）という少数民族もいたが、猫というよりも…うさぎ？　長くて特長的な耳だ。そうだな…ＲＰＧなどで例えるなら、まるでエルフ…いや、肌の色はダークエルフとでも言えるだろうか。むろん失礼な意味でもなく、むしろ憧れ…幻想的な印象すら抱いている。

…あれ？　…これって…。

もしかして…ずっと私が行きたかった…帰りたかった…、あの場所か？　ハイテク戦車も、戦友たちも…何もないけど…。意識がはっきりせず…目も霞んでいるし、よく分からない。

戦時中も、正確に地理を把握していたわけじゃなかったけど…。ここは、いわゆる新疆ウイグル自治区か…いや、そこまで西ではないか。

ジェノサイド（民族的な大量虐殺）…など、悲劇のあった場所。ウイグルといえば、１回目の東京オリンピック…１９６４年（昭和39年）、当てつけとして中狂が開催期間中に原爆を成功させたが、その場所も…そこだったな。

詳しくは分からないが…尖った耳は、いわば放射能による奇形…などと考えられなくもない。

…一体どうだったかな？　知っているような、初めての場所に…近づいてゆく。どっち道、進まなければ…ただこのまま野垂れ死にするだけだ。喉の…そして心の渇きを癒したい。

町に…むしろ集落かな、そこに入る前に…バケモンスターの返り血が付いた衣服を洗い、剣を清めて、入口あたりで一礼してから歩みを進めていった。

●おそらくダークエルフの森

…しかし、冷静に考えたら…こんな不審者、歓迎される道理がない。彷徨い…死に損ないの日本兵。しかも残党。過去の大東亜戦争では、実際には愚直なほど真面目に国際ルールを順守し、他国に比べ遥かに乱暴狼藉は行なわなかった日本兵だったが、もちろん全員が全員じゃないだろうし、かつての純朴な人々よりも…今日の日本人は正直、私だって腹立つことが多い。神経質で自意識過剰、姑息で、立場の弱き者には強気な…武士の風上にも置けない輩が…って、まぁ…江戸時代とか昔から武士も百姓も人間にはそういう面もあるが、戦争となると色々と顕著に、露わになるので。

要するに、得体の知れない…刀なんて物騒な物を握り締めた旅人が…どうして入村できようものか。ご都合主義のゲームとかマンガじゃないんだ。災いでしかない。…ただ、もうそんなことも冷静に考えていられない状態なのだ。地面を踏み締めて…体を引き摺るように、進んでゆく。

すっかり陽は暮れかけ、ちょうど夕食の準備だろうか…あたりに良い匂いが漂っている。

薄暗い夕闇の中、木造の住居から微かに灯りが漏れている。

子ども達の明るい声がする。言語は…何語だろう？　でも、故郷に帰ったような心地良さ。もしかしたら民族として…遺伝子に刻み込まれた何かなのかも知れない。眼や耳、鼻で感じるすべてに哀愁を感じる。

見通しが悪いのを良い事に、夕闇を泳ぎながら…溺れながら、木の根元に倒れ込んだ。

まるで落ち武者だ。

気が付くと…一転して、温かいベッドの中にいた。…何か清涼感のするハーブのような香り。自然と目蓋が開いた。

体中にハーブ…薬草のようなものを漬け込んで染め上げた布が巻かれていた。痛みも苦しみもない。

天井から視界を落とすと、一人の女性が。薄暗い室内なので、完全には分からないが、やはり耳が尖っている。そして…澄んだ美しい瞳。

「目が覚めたのね。…大丈夫？　もう安心ですよ」

どういうことか、言葉が分かる。通じるのかどうかは不明だが。たしかに、こちらを心配してくれている表情だけで伝わってくるのだが。

たしか、モンゴル語は…日本語に文法的には近い…と聞いたことがあるが、それでもまったく別の言語のはず。本当に…不思議だ。

「ここは？」

「ここ？　…村ですよ」

まことに不可思議だが、会話が成立している。はて？　以前…一度どこかで…？

「この場所は？」

「病院ですね」

だから薬草がたくさんあるのか。壁にも様々な植物が吊り下げられていた。

「刀は…？」

さっきから質問攻めで申し訳ないが、本当に…何も分からないので。

「さぁ、ここに運ばれた際には、もう既に何も持っていなかったみたいだから」

「そうか」

どのみち、だいぶ刃こぼれしていたし…もう必要ないだろう。少なくとも今この場所には。

「あなた…日本人？　…あ、別に…変な意味じゃなくて、刀って…」

ほとんど…山賊や異形のモンスターを斬って、たしか折れていたような気もするが…。

たしか、かつて…馬上からでも斬り易いようにカーブ、反りを加えた日本の美しい刃。特徴的だろう。太平の世になると、美しさとかを競うようになったというが…私はあくまで実用性を重視してきた。

「もしかして…忍者？」

…ではない。何の影響だろうか。だが思い当たるのは、大陸には新型ウイルスをはじめPM2・5や黄砂など、バイオ兵器も懸念され、色々と人体に悪影響を及ぼす物が多過ぎるので…着用していた特殊なマスクが忍者っぽかったのだろう。つい笑ってしまった。

「それよりも…君は…？」

ここが病院なら看護師…の類に決まっているが。またしても、ついサガで訊いてしまった。この、やさしく不思議な、美しい娘が気になった。

「え？」

特に返事はない。空しく空回り。気まずい…雰囲気だ。これを紛らわすため、違う質問をしてみた。

「ずいぶんと色々な薬草があるんだね？　この部屋には」

「あぁ…。よく、耳が切れたりするので。応急処置には先ず…薬草が有効ですから」

この日は…いや、半日ほどで十分、…昼過ぎ頃には寝床を出て…外界の清く心地良い大気を肺いっぱいに吸い込んで深呼吸していた。

チベット…ではないだろうが、割と標高の高い…草原に近い、それでいて砂漠も迫っている…オアシスのような森の中。

モンゴルやツングースか、タタール（韃靼）か、むしろ日本人に近い…ような一種の懐かしさ。人間臭すぎる漢民族とはどこか違う…素朴で自由な感じが良い。そもそも日本人も世界では少数民族であろう、本来は。ルーツは、大陸や半島、そしてポリネシア…海洋からも色々と入っている。

余談ながら、はじめて…以前、作戦のためだったが大陸に赴いた際には、何となく…漠然としたイメージだったが、かつて最澄や空海などの遺唐使が学んだ当時の超国際都市である唐の都・長安を思い浮かべていた。憧れの様な気持ちもあったが、ましてや後世のことだし、恐ろしく異なっていたな。いわばディストピア。

壁の内側は、徹底的な空撃で落ちたわけだが。それまでの道のりにおいても。なんとなく空しく…恐ろしくもなったものだった。

長安…かと思えば、カオスの旧クーロン（九竜）城や、本当に仙人が住んでいそうな桂林の自然、ダイナミックな風景など。とにかく…どこまでも広い、広大過ぎる大陸である。単純に広さ…面積だけではなく、歴史…時間の流れにおいても。つまり広大な時空。大河のうねり。

暇な時間を持て余し、妄想のような考えを悪戯に巡らせていた。

意外にも短期間で、病院からの外出が許可された。条件付きで。

やはり此処は、雄大さではないが…ささやかで美しい森だ。

この広大な時空の中で…その混沌の中で、どこにも属さないような独特な、憩いの場所。

まるで異なった次元の…たとえばエルフの森。独立した…安全地帯なのか。

野暮な刀なんて似合わない。折れて…没収されて、むしろ良かった。

それにしても…森の枝々、葉々の隙間から見える大空を凄まじい速さで駆け抜けてゆく雲のスピード。一日ずっと眺めても飽き足りない。この村の中で…ちょっと、いや…かなり変な人だったかも知れない。

それでも、非難や糾弾されることもなく、しばらく…ずっと、こうしていた。ただ…そうしていたいから。

鳥のさえずり、風のささやき…誠に此処は、最後の聖域なのだろう。降り注ぐ陽の光、木漏れ日がやさしく笑っている。

何となく…どことなく、極東の島国にも似ているような。切り離された…場所。独自の進化や成長を遂げているみたいだ。時間と空間の狭間…。やっぱり…不思議な場所だった…。何かに…誰かに引き寄せられたのかも知れない。…強く。

●帝都が恋しくなったら

桜…かと思えたが、枝ぶりが異なる。ただ、花の色は薄い紅白で、青空によく似合う。ふわり…ふわりと、皆が手を振っているようだ。

マキノ樹、そして…それらが絡まり合って寄せ集まって構築された森。この世界。それの実態が…どうなのか、何なのかは正直まったく分からないけど、桜のように散って、舞って…すべて無くなって…いずれ枯れてゆくのかも知れない。そんなイメージが急に浮かんできた。いや…おそらく、すでに世界は…崩れ去ろうとしている。

最悪のシナリオだけが最悪なのではなく…おそらく、すべて影響し合って…つながっているから。だからこそ、そんな世間の雑音や危険から逃れ…雨宿りできる場所が、いつまでも居たくなる場所が、必要だと思った。

「あの～…」

話しかけてきたのは、やさしく看病してくれた清々しい女性。おそらく、動けないくらいに私が弱っているように見えたのかも知れない。ただ、風流を楽しんでいるだけだったのだが。

「大丈夫ですか？　まだ、傷は痛みますか？」

「いえいえ、おかげさまで。時間の経過とともに不思議なくらい、回復しているようです」

「そうですか…良かった」

心から心配して…安心してくれたようだ。何だろう…どこか、いつか忘れ去ってしまったような温かい気持ちになる。

「そうだ」

「はい？」

「腹が減りました。どこか食事を取れる場所はありますか？」

「食事ですか。う～ん…お酒は出ないのですが」

「ははは、それは大丈夫です。また出血が激しくなってしまいますから」

とは言ってみたものの、こんな見事な花を見ながら一杯やれたら最高だろうな。

そんな私の心を…いや、おそらく表情に出ていたのだろう、看護師のこの娘は花のように小さく笑った。

「では…一杯だけなら」

「え？　本当に？」

「はい。本当に嬉しそうな顔ですね」

「はっはっは…、かたじけない」

「今…持って参ります」

そう言うと、人家や店などが集まっている（ような）村の中央へと歩んでいった。私は、無意識に大きく一礼をしていた。

それにしても酒…とは、あれかな…山羊の乳を発酵させたような類かな？　自分の口に合うかは分からないが…そんな贅沢は言っていられないし、むしろこれも経験、楽しみじゃないか。

いずれにせよ、ここがどこかは分からないのだから…郷に入っては郷に従え、の通り…つまらん我を張り通すつもりはないから。昼間っから酒なんて…多少の罪悪感もあるが、優越感もある。まぁ単純に、ここまで生き抜いてきた自分へのご褒美だ。この村のしきたりに、もしも反していては申し訳ないが、あの子の反応を見る限りでは…問題なさそうだからな。


「お待たせしました」

手渡されたのは、ひょうたん…とは違うが植物を使用した器で、手に馴染む。中で液体がちゃぷんと揺れて波打つ音と感触がした。

「ありがとう。…ところで、事前に伝えておくべきだったのだが…実は金銭を一切持っておらんのです」

「あぁ、はい。失礼ながら…倒れていて、持ち物はすべて把握しておりますので。存じておりました。大丈夫ですよ」

そうだった。体中に薬草を塗り貼られたわけだし、素っ裸だって見られているんだから。すべてご存じだったたと。

「では、ありがたく頂戴します。このご恩は、何らかの働きで…必ずや」

一礼して仰々しく受け取ると、また笑われてしまった。でも、心地良い声だ。

「あなたも一献…いかがですか？」

笑顔で顔を横に振っているので、それ以上は勧めなかった。それでは、ありがたく独り占めさせて頂こう。


徳利の他に、酒を注ぐ器、それに何かの実を茹でたような…まさかツマミまであるとは。味わいに加え、健康面にも配慮してくれたのかも。感謝感激である。

器を満たす液体は…想像していたよりも、はるかに透明で…心地良い香りがする。日本酒かと思えるほどの清らかさ。五感で楽しんだら、グイッと呑み干す。清酒…むしろ聖なる酒という気も。

風が花を、酒が己を酔わしているようだ。良い気分だ…生きている実感と、浮世離れした気分、すべてが交差している。心が喜んでおる。心の底から。

戦国時代の…あるいは三国志の武将達…豪の者たちのような。死線すら軽く飛び越えられるような心地…おっと、これ以上は危ないかな。

「ふふふ」

「ん？　…あぁ、ずっとそこに居たのですか？」

「はい、患者が気になるのはもちろんですが、それにしても…本当に美味しそうに飲むのですから…つい」

酔いのせいではないが、ここにも美しい笑顔の花が咲いていた。まるで桃源郷、夢心地だな。

やはり武士とて簡単に散り行くべきではないな、最後の幕臣である勝海舟も言っていたそうだが（武士ってやつはすぐに腹切って済まそうとしやがるって）。サムライもアップデートせねばならんな。生きてこその…幸せだろう。むしろ、修羅を越えてこその…この瞬間なのかも知れん。

いやはや、誠に…帝都で呑んだ酒よりも遥かに美味く感じた。生きている実感を得たり。

そういえば、この恩人（看病はもちろん、格別だった酒も）の名前を訊こうとも…思ったが、花ざかりの…麗らかな…若い女性に気安く訊いても良いものか、どうか。この地方の文化がまだ分からぬ以上…やめておいた。

●巡り巡って　運命の人

不思議なもので、薬草酒？　聖酒によって血行が良くなったせいか何なのか、傷の回復が早まったような気がする。血肉が躍り、一気に傷を閉じてしまった。おそらくは…いや、間違いなく薬や食事などのおかげなのだろうが。そういえば空気も抜群に美味い。

この日、はじめて村の中央、市場の方へ…散歩がてら行ってみることにした。

擦れ違う人たちは、別に私を好奇の眼や嫌悪することもなく、こちらが会釈すると礼で返してくれた。まるで実家か…故郷の様な安心感、温かさ。逆に、こちらがすでに…ずっと居た…知っている場所の様な錯覚も強く感じる。

ただ何においても例外はある。

「ほう、こやつか。手負いの落ち武者というのは」

そう思っていた矢先、辛辣で心ない言葉が飛び込んできた。口舌の刃を向けられ、自然と半身を切って身構えてしまった。

市場の中央通り、そのど真ん中で腕を組んでいる男。…何か違和感があるが、屈託のない明るい表情でこちらを見ている。若気の至りか…自信に満ち溢れている。一度傷めつけなければ実感…痛感して正しく理解することはないのだろうが、それでも大人気ない…つまらんことはしたくないし。

刃のような視線すら、あちらの思うつぼ。存在を無視することで、とりあえずその空虚なプライドをへし折ってみせた。

「ふん、怒ったか」

いやいや、いちいち怒るなんて面倒臭い。別に嫌いじゃないが喧嘩なんてもっと面倒だし、勝っても意味がない。憎しみの連鎖となるし、そもそも軍人であれば確実に勝てない戦ならすべきではないのだから。

そんなことよりも…驚いた。この村の…村といえるのかどうかも分からないのだが、どれほどの規模なのか。そして、この市場の規模は…何となく、かつての堺の港町などを思い浮かべた。

刀や鉄砲のようなものも売られている。かつてのシルクロードなども一瞬、脳裏をよぎった。

マキノ森があって…その枝々が絡まり…形づくって、すべての枝葉から、あらゆるマテリアルが流れ込んで来たようなイメージ。まったく見たことも聞いたこともない…未知のものも店前で発見した。

まだまだそういうものってあるのだな。心底…感心していた。

すっかり…さっきの小者のことは忘れ去っている。自動消去…我が脳味噌の便利な機能だった。

急に、黒い雲が出てきた。雨か…。

そうではなかった。なんと巨大な黒豚が降ってきた。あるいは猪かも知れない。数人でも軽く瞬時に串刺しできそうな鋭利で大きな牙も確認できた。

怒り狂ったような獣の叫び声が響き、空気が大きく振動する。

市場は大パニック。散乱する古今東西の秘宝やクズ鉄、色んなものが乱れ飛ぶ。

一瞬で数人が巻き込まれた。狂った豚のバケモノに、牙のような尖った先端で傷つけられ、生命を脅かされている。

猪八戒…というより牛魔王か。あの西遊記が脳裏を駆け巡ったが、実物は凶々しい妖怪。四足で暴れまくったかと思えば、二速足になり、一丁前に辺りを威嚇したり睨みつけている。

…実に不快。不愉快極まりない。

崩れ去った市場のテントの中から…あの看護師の女性が這い出てきた。額から血を流しているではないか。

「ハルハ!?」

私よりも素早い行動に出たのは、さっきの偉そうな少年。…というか、「ハルハ」という名前なのか、あの看護してくれた子は。発音が独特なので、聞き間違っているかも知れないが。やはり何となく漢民族の響きとは違う。

こんな緊迫した時に、考えているのも…おかしいが（脱力できている証拠か）、ハルハといえば、かつて日ソ（蒙）が激突したノモンハン事件のあった当時の国境としていたのがハルハ河だったような。…いや、分からないが、〝春〟という音が妙に気持ち良かった。美しい調べ、響きだ。

呼びかけながら、勇者のような少年は、瞬時に剣を抜き、ハルハを守るため魔物に斬りかかった。どす黒い血潮が飛び散ったが、致命傷には至っていない。それだけ、分厚い魔物の筋肉と贅肉に、受け止められ遮られている。

う～む…あれは、なかなか上等なチャーシュー、…酒の肴には最高だな。なぜか、そんなイメージが浮かんだ。飢えていたか、とっても鮮明に。

喰い込んだ剣を抜けないまま、あっさり反撃を受けた勇者くん。豚魔王の鉄拳（豚足）で吹っ飛ばされ、墜落した場所に、今にも突進してトドメを刺そうという感じじゃないか。いや、そうに相違ない。こうしちゃおれん。

つい無意識に…私は、散乱していた骨董品の中から、剣を拾い握り締めていた。

日本刀…とは少し違うが、悪くない。吸い付くように…手に…掌に、馴染む。刃物そのものが濡れたように…水々しく鮮やかな光を帯びているではないか。変な感覚だが…どこか卑猥というか…魅惑の…妖刀みたいだ。

体内電流や血潮と共鳴し、力が増幅されてゆく。

濡れた刃先が、同化するように…肥えた魔王の腕を斬り払い、胴体を斬り落とし、首を撥ねた。極上の血や脂を吸って、刀が勝手に喜んでいるようだった。いや、私も奇妙な快感に身をゆだねていた。

斬り捨てた魔王、焼き豚…酒の肴…確定だな。この村の人々がどう思うか分からないが。酒が進みそうだ。

「大丈夫か？」

先ほど…それほど時間が経っているわけではなく、少し前の出来事だったが。口舌の刃で斬ってきた、不意打ちの若武者…あっさり魔物にぶっ飛ばされた勇者に駆け寄った。

「ん？」

ダメージをもろに受けて、体を保護していたアーマーが吹き飛び、…あろうことか、たわわに実った乳房が露出しているではないか。なんという偶然。

…女、か？　…いや…確かに、綺麗な顔。素の声も。改めてよく見ると…たしかに、なるほど。

「こ、こら！　見るな！　見るな！　…いやだ！」

この照れ様。間違いない、いや…むしろ…美しく凛々しい。

スポーティーでボーイッシュな、男勝りな格好良い女とは、すばらしい。

感動だな。女性の美しさが際立っている。非現実的な…造られたファンタジーの中でしか存在しないと思っていたが実際に…現実として目の当たりにして。

もはや僥倖。

むしろ絶望していた。守るべき姫より、ともに戦える女戦士の方が良い。切磋琢磨したい。そんなかねてからのささやかな（？）夢であり癖もあった私としては、勝手に…まさに真の、未来の妻を見つけたような気がした。強く…強烈に。

とにかく、捨て身で戦った直後。そういう意味不明な興奮状態にあったのは事実で、しょうがないだろう。先ほどの悪態なんぞ、すっかりどうでもよくなっていた。今はただ出会いに感謝。乾杯したい。はだけた胸を隠す仕草が余計に可愛い…愛しくて仕方がない。豪雨が降って、地固まったゆえに、なおさらだ。まだまだ自分も若いな。

抱き上げたい気持ちを抑え、無事を確認すると一礼して…その場を辞した…さっさと去った。

あたりに飛び散った妖怪の肉片もそのままに…本当に、焼豚にしたら何人前になるのだろうか？　できれば老酒と一杯やりたいものだな。血と脂がこびり付いた刀も…もう商品としての価値があるのかどうかも分からないが、その場に放ってきた。

●マキノ海藻

昼間の感覚が…まだ残っている。特に、掌あたりに色濃く。

病室は個室のため、窓を開けて涼しい外気を取り込み、心身の火照りを癒す。

食事を届けてくれたハルハに、その後の状況を訊いたが、思っていたよりも化け物の血肉で汚された箇所は少なく、最小限の特殊清掃で済んだらしい。良かった、良かった。市場は本日のみ中止となったが、また明日からは再開されるようだし。

唯一残念だったのは特大のチャーシューが処分されてしまったことだが、まぁ当然か。たとえば悪鬼の毒でも含んでいたら、それこそ元も子もないので。あっさりと諦めた。

そういえば、もう…そろそろ退院できそうなものだが。実際は、監視されていたりして。決してない話じゃないだろう。

微かにドアを開ける音が。

ハルハかと思い、そっちの方角を見ると…あの男勝りの娘が入ってきた。昼間の光景が…思い起こされる。見事に実った乳房と、照れて染まる美しい顔。そんな肢体…本人とダブらせることで、変な気分になってくる。私は健全な男だし、是非もないことだが。何だか…こっちの方が気をつかい、気恥ずかしくなってきた。

「…やぁ、どうも」

文化が違うのだろう、ノックすることもなかったし、こういう時にどういう対応をすれば良いのかも分からない。とりあえず改めて挨拶をした。あちらは…ずっと無口のまま。初めて見た時の威勢の良さはまったくない。

「何か…ご用でしょうか？」

「…いや、…一応…礼を言おうと思って」

ダークエルフの勇者であり姫…なのか。薄暗い室内なので、はっきり確認はできないが、美しい顔に…美しい表情。伏せ目がちに…こちらを窺っていた。

上腕のあたりに包帯が見える。そうか、彼女も…ここで手当てを受けていたのか。それで…ここに寄った、というところかな。

「こんなむさ苦しい場所じゃ何なんで…どこか呑みに行きますか？」

「呑み…？　いや、俺は酒を嗜む習慣がない」

「ほぉ、それは残念。この村の酒は本当に美味い…絶品なんだけどなぁ～」

「そうなのか？　…まぁ、興味はあるが」

月見酒…肝心の酒はどうであれ、今宵は月が…満月が綺麗だ。悶々とする心身をクールダウン…涼みに出歩くつもりだったので、多少強引に付き合わせることにした。

傍から見たら…月夜のデート…なのかも知れない。

湖のほとりを…ただ歩いている。地の利はないが、むしろこの村への好奇心で、すべてが新鮮に感じられる。

「それにしても…凄いものだな」

「ん？」

「サムライ…ってやつは。さすが…元寇か、大陸からの侵略を何度も弾き返してきた兵（つわもの）だ…うん」

「日本を…ご存知で？」

天空の月と、水面に映った月で、彼女の表情はよく分かる。どこか…さっぱりとした明るい笑顔だった。

「正直、俺はこの村しか知らない…田舎者だが、色々と噂では、な」

「光栄ですな」

「はるか東…海の向こうにある島国だろう。しかし今は…もう無いようだが」

「え？」

「ん？　…違うのか？　たしか…中国とロシアが組んで…一気に攻め滅ぼされたそうじゃないか。頼りのアメリカが見捨てて…朝鮮にも裏切られて…」

…確かに、まったく無い話ではないが…。いや、でも…先の大戦では、大日本が戦勝したはずだったが…。でも、自分は今こんな状態だし。それが自然…当然か。

「たしか…国家として世界一長い２５００年以上の歴史があったとか。…残念だ…」

「……」

「だから…いや、今は本当に反省しているが、初めてあなたを見かけた時に、…なんというか、落ち武者と思い、揶揄してしまったのは…そういう先入観があったからで…」

「……」

「本当に申し訳なかった！　…本当に、すみませんでした。命まで救ってもらって…」

「……」

「お怒りなのは…ごもっとも！　…しかし」

「……え？」

「え？」

「あぁ、すまない。ちょっと…考え事をしていて。…でも、まぁ…あなたが嘘を言う人とは思えない。…なるほど、確かに…亡国となったのでしょうな。いくつも思い当たる節はあるし」

正直、敵は憎いが、国民自身に問題がなかったとは言えなかった。しょうがない…因果応報、是非もないこと。そう思うしかない。

「？」

「いや、むしろモヤモヤとしていた気持ちが一気に晴れた。…酒がないのが残念だが」

「酒…か、使いの者を出すか？　何とか調達できると思うが」

断るか…考えたが、今宵は特に呑みたい…気分だ。我がままを承知で、首を縦に振って見せた。

案の定…木陰に隠れていた護衛…なのか忍びの様な兵士が雑用…使いっぱしりとなって町明りの方へ駆けて行ってくれた。


「献杯」

当初は乗り気ではなかった女勇者も杯を持って、二人で向き合うと一口…そして一気に呑み干した。二人の出会いには乾杯…なのだが、亡き祖国を思えば…献杯なのだ。

「そういえば…まだ、あなたの名前を聞いていなかった。…これって失礼ではないのかな？　この村の…地域のしきたりとか、文化などに疎いもので」

「あぁ、そういえば。俺は…ヨウコ。あなたは？」

正確に発音を理解したわけではないが…何とも日本風ではないか。美しい余韻が耳に…そして脳に響き残っている。

「私は…森田」

あれ？　ファーストネームは何だったか？　自分で忘れてしまっている。…頭がおかしくなったか？　あまりにも色々なことがありすぎて。

「森田…少佐だ」

「ショーサか。なんか…ショーグン(将軍)みたいだな。勇ましいな」

そうかな？　…しかし…ヨウコか。そういう字を…って、漢字じゃないのかな。漢民族とは敵対している…迫害、ジェノサイドを受けている少数民族…なのだろうから。

いや、何か…もう、そういう私の常識や知識は…すべて違うのだろうか。


…どこだ？　ここは？


マキノ森は、並列空間（パラレルワールド）の枝葉による集合体。今は、きっと…間違いなく違う枝にいる。

もしかして枝じゃなく…根っこか？　もう何が正しくて、どこか本当の場所か、まったく何もかも分からなくなっている。

大戦は…終わったはず、だった。

ここは…違う場所。

自分なりに足掻き、抗い…考えてみたら、おそらく…（マキノ）樹とか思っていたけど、必ずしもそういうワケじゃない。天に向かって枝葉を伸ばして…昇ってゆくんじゃなく…おそらく、もしかしたら…藤の茎や花のように垂れ下がる様に伸びているのかも知れないし、そもそも海藻のように上も下もなく…ただ揺らめいているだけなのかも…知れない。

彷徨っている…。

朝顔の蔓みたいに螺旋状で絡み合ったり、直射日光を遮蔽するグリーンカーテンに採用されるゴーヤのように一面に縺れ合っていたり…。あるいは上野公園（不忍池）の無数の蓮（仏像の台座に描かれる）が如く…カオスな泥沼から…いずれ光の世界に飛び出ることができるのだろうか…いや、思考がまとまらない。こっちが…こんがらがってきた。

もしかしたら…食虫植物なのかも知れないな。…マキノ食虫植物か、なんてこった。

そう考えると…ますます、ここはどこなんだろう？　まったく知らない…でも、間違いなく確実に…どこかの世界の一つの地域。少数民族、ダークエルフの森…。神の領域…聖域かも知れない。マキノ神木なのかも。侵入禁止の区域かも知れない。


「どうした？　…泣いているのか？」

やさしい声。心から心配してくれているのが…よく分かる。泣きながら、笑っていた。

すべては是非もなし。

日本が滅んだ…何もかも因果応報だし、自業自得である。繰り返すが。むしろ、これまで…長い歴史の中で、よくぞ…ここまで。元寇（モンゴル帝国）にも耐え、戦国時代にはイスパニア（スペイン）などキリスト教団の侵略も弾き返し（国産の鉄砲が増えまくって、手を出せなくなったとか）、不可能でしかなかった日露戦争に勝利して…正確には引き分けにまで持ち込んで。奇蹟の連続だった。出来すぎていた。

ご先祖様たちに申し訳ない…そんな気持ちもあったが、すべては日本人によるもの。しょうがないではないか。島国根性、平和ボケ…事なかれ主義に無責任…どうしようもなかったのだ。いくら超大国の呪縛や工作があったとしても。

笑うしかない。泣けて…しょうがないが、ただ…もう呑むしかない。

薄々…感づいていた、分かっていたことだったが…いざ、こうして…目の当たりに、突き付けられると、何もできないし…もはや、どうでもいい。

とにかく…一人でいたら…狂っていたかも知れないし、涙が止まらない…止めどなかったであろうが。唯一の救いが…この美しい女性、ヨウコが付き合ってくれていることだった。強がりもあったであろう、でも…それで良かった。何より、この結末を彼女の口から聞けたのが…何とか正気を保てる唯一の術だった。

「うん…美味い」

「え？」

「今日の酒は…一段と美味い」

「そうか？　…それは良かった」

やさしい笑顔の女勇者に、改めて一礼を。本当に…感謝しかない。

「ありがとう」

複雑な表情をしている。照れているような、実に…複雑な表情で…お互いに微笑んだ。

「また会おう」

「是非」

別れではない。これが…出会いなのだから。

次は…護衛なしで、会ってみたいものだ。心から…惚れた。男として…もののふとして、人間として。さわやかで美々しい女性に。

なぜヨウコが剣を振るい、護衛などがいるのかといえば…私と同じような境遇で、軍人というか…この村を守っているそうだ。今は殉職してしまったが、父親が大将として高い地位におられ、厳しく育てられたらしい。

彼女も…むしろ漂う雲のように自由な私よりも、双肩に重い責任を感じながら…頑張って、耐えて生きてきたという。そういう話も次第に打ち明けてくれた。ヨウコも…泣きながら笑っていた。

何とか…力になりたい。それだけだ。

かかる火の粉は振り払わねばならないが、今さら皇帝のいる北京に殴り込む気力も何も無い。

そういえば昼間の…あの魔物は一体何だったのだろう？　この戦争と、バイオ兵器などと何か関係があるのだろうか。少し気になった。

いずれにせよ斬り捨てるだけだが。

●終わらぬ雨、眠れぬ夜

今は亡き母国。案の定、その日の夜は眠れなかった。ヨウコの口から聞いただけで、実際に滅びた姿を実際に見て確認したわけではないのだが。他に情報を得る手段もないし。

でも、もう涙は出なかった。

以前、軍の特に上層部は「日本は、あのアメリカをはじめイギリス、中国、ロシア、オーストラリアの連合国を相手に戦った神の国」とか「超大国といっても、しょせん中共は一度も戦争に勝ったことがない」などと煽って、それにマスメディアも乗じて。もはやカルトか何かであろう。

東郷平八郎も言っていた「勝って兜の緒を締めよ」、油断大敵である。それに何より品がない。礼節にも乏しい。そんな状態では…。


個人的には、超大国に囲まれ挟まれた日本こそが世界史の主人公という気持ち、せめてもの誇りがあった。他国と比べても一級品の歴史を持っている。武士という希な人間芸術すら誕生した（個々によるクオリティーの差異は当然あるものの）。

ただ、よく考えれば三国志の主役である蜀は破れ、結局は大国の魏が勝者。何の意外性もなく、ただただ現実的だ。

リアル…といえば、関ヶ原はもちろん歴史の勝敗、ターニングポイントは味方の裏切りである。結局は信じてしまった自分自身の責任だが。それだけ日本人はお人好しで優しい、裏を返せば間抜けだったのだ。ただの結果論に過ぎぬ、それに今は感情的になっている。

色んな人の顔を浮かんできた。再び涙が止まらない。

●守るべき場所

ヨウコの言っていた通りだ。私なんぞは、ただの落ち武者に過ぎぬ。北京を攻め落とすため…勅命を受けて大陸まで遥々渡ってきたが、先に…しかもあっさり味方が陥落していたとは…傑作だ。

落ち武者として…生きて、源義経（落ち延びて、モンゴル帝国を築いたチンギス・ハンになったといわれている）や明智光秀（同、徳川家康の影の相談役という天海になったとも）になるのも…また一興よ。

ネガティブな現実に対し、何らかの道筋を見出したい、そんな心が迷走し続ける。

この…今いる場所を守る。

もはや、それだけだ。ヨウコやハルハ、そして皆を。この生活を。非常にシンプルで…プライマリー（初歩、原始的）な感じ、ちょうど良い。

もともと武士…坂東武者（関東）は一所懸命、自分の土地（一所）を命がけで守り抜いてきた。自分の命だけで終わる一生懸命よりも、むしろ重いのだ。そんな古の…男たちの生き甲斐や生き様が…我が胸中にも甦るぞ。

武士に口舌は不要。背中で、つまり行動で…生き様で示すのみ。せっかく…ようやく傷が癒えた体、トレーニングも再開している。

こんな私のために、悪戯に限りあるベッドおよび病室を占領してしまっては申し訳がないので、つい先日さっさと退院した。

ヨウコの口利き、紹介で静かな…森の中のコテージのような木造の住居へ。市場を見ても金銭というシステムがこの村にもあり、立派に機能していることは重々承知しているのだが、その上で実際どうすれば良いのか。本当に、かつての武士のように…金策に弱く…迷い、悩んでいる。森の中なので、ある程度は自給自足もできそうだが…、とにかく現実としてはヨウコやハルハに施し…お恵みをいただき生活している。

あの時のバケモノを退治してくれたお礼…と言ってはくれているが、あれはハルハに頂いた酒の分…というつもりだったし、ただ自分のできることをしたまで、なので。「一隅を照らす」というか。なので、それ以上の親切は、むしろ非常に心苦しい。

退院後も、定期的に診てもらうため何度か訪れているが、清々しく働くハルハを見て、そして世間話をして…とても癒されている。美しい笑顔、そして気持ちが心から嬉しい。

ということで、この村を…守るため、少しでも防衛の力になれればと…自らを鍛え上げるのはもちろん、ヨウコやハルハと情報交換することも…喜んで。何でも貢献したい。

それが、せめてもの生き甲斐。やがて気持ちも落ち着いてきた。森の空気にも癒やされて。

今日も、お茶を飲みながら…ヨウコと色々と話している。むろん今はシラフだ。酔いながらリラックスして接するのも楽しいが、じっくり正々堂々と向かい合うのも…幸せなのだ。誠心誠意で全身全霊でなければ、もったいない、そして申し訳ない。

かつてハルハが私に向かって言っていた忍者、それについて今は話をしている。ヨウコも、忍者については多少知っているようだった。いわゆる…ハリウッド映画の誇張された…勘違いニンジャ、つまりＮＩＮＪＡ程度だったが。

「なるほど…いわゆるアサシン、暗殺者という側面もあるが、スパイのような役割もするし、とにかくリアリストだったということか。風の流れや月光まで何でも利用するとは」

あくまで時代小説などで得た知識が大半だが、軍隊で習っていた格闘術の中には、忍者のスキルをそのまま使ったり応用したものが少なくなかった。

「まぁ、日本人だからといって、そこまで何でも知っているわけじゃないが」

「いや、勉強になった。…じゃあ、あの…忍術は？　まるで魔法だが」

「う～ん…どうなんだろう。分身の術とか…、あとは何だ…っけ？」

「分身か、まるで孫悟空みたいだな。ほら、髪の毛をふっと吹いて」

「あぁ、何かあったな、そういうの。…なつかしい感じだ」

太陽のように明るく、弾けるような笑顔。以前よりも…ずっと遥かに惹かれている。そうだな、正直…本音では、この村を守り抜く…というよりは、ヨウコやハルハのため…いや、ただ会えれば…それで十分だった。

今度は、こっちが…この世界、こちらの村のことを訊いてみる。

…が、あまり多くは語ってもらえなかった。でも、色々と言い辛そうだった…にも拘わらず、それでも教えてくれたようだった。

他の少数民族と同様に、中華帝国から攻められ、さらに子分のロシア（もともとモンゴル帝国においては奴隷同然だったというが）など…とにかく敵が多過ぎる、と。それは日本とて同じことだった。

もちろん、全身全霊でこの村の人々の力になりたい。すでに、いくつも恩があるし、本当に愛おしい。そういう気持ちは、ヨウコやハルハにもよく伝わっているようで、照れくさいが嬉しかった。

いずれにせよ…防衛上の機密情報かな、多くは聞けなかったが。大陸の…そして長城のプロテクトの外側ということは何となく分かっている。それにしても…狙われてはいるものの、ほとんど侵略を受けていない（先日の、ここを嗅ぎつけてきた豚のバケモノは…何だったのか？）という事は、何らかの呪術や結界で村ごと守られている…もしくは迷彩…カムフラージュしているのかも知れない。忍者の隠れ身の術のように。

男性は髪の一部を剃っていて鬼のように厳ついが、豪胆でよく笑う明るい連中だ。剃るのは丁髷（ちょんまげ）や辮髪（べんぱつ）など、やはり壁（長城）の外の民族に多く、漢民族にとっては野蛮、ということだが（肌の色が黒いのも、農民など労働者階級だから低く見られていたとか）。

思慮深いし、話していて面白い。男女に共通することだが、自然や地形、天候などについて詳しいし敏感だ。長い耳で常に何かを感知しているのかも知れない。

自然といえば、やはり地球を…自然を大切にせず汚染を続ける中華帝国は好かんし、私から見れば立派な悪だ（欧米の偽善も気に入らんが。中狂にこそ文句を言わない環境や人権を謳う活動家、市民団体なんぞも滑稽）。後の歴史家たちに、客観的にどうこう判断されるか…よりも、今この主観だからこそ…よく分かるというものだ。

そして、ここの自然や地形を見て感じていると…何か特別な場所…という気もしてくる。一瞬考えたのが、金やダイヤモンド…あるいは大量のウランなどが眠っている…かも知れないが、おそらく違う。…何だろう…。マキノ神木が知っていそうだが…私なんぞには到底分からない。

何より、この村の女性は皆…綺麗だ。これぞ一番の秘宝だ。男達とのギャップが凄い。私も…軍では一応、剣術や武術、銃術など幅広く頑張って学び体得したつもりだったが、どうも頼りなく見える。いや、でも…あの悪の猪八戒を斬り捨てた時にも感じたが、この綺麗で美味い空気のせいか、たっぷり傷に塗りつけてくれた薬草のおかげか、ものすごく体が軽く…軽快で、一気に間合いを詰めて、豆腐を切るように処せた。死にかけて…地獄の淵から甦ったことで、何か力を得た…ということもあるのか？　よく分からないが。

空気や薬草に限らず、この村の酒は…実に五臓六腑に沁み渡る。

「え？　…この村の女性が美しい？」

紅く染まった頬。眼も鼻も、口ももちろん耳も綺麗な形をしているし、美しくまとまっている。生き生きとしている表情も相まって、なおさら凛々しい。

「…あ、ありがとう」

「本音を言ったまでさ。もちろんヨウコも」

「……」

絡み合っていた視線を解き、そそくさと立ち上がるヨウコを追いかけるように、こちらも歩き始めた。

「またな」

●獲物がいたぜ

デジャブ…かな。できればランデブーが良かったけど。

自分がいるべき森の中で…、この場所を守るために戦うというのは。帝都でもなければ…この大陸でも、…こんな経験はなかったと思うが…思い出せない。

外敵は…砂漠、草原…山の全方向から接近していた。

すでに森の中に入り込んでいるのを、何とか数匹だけ斃したが、その奇妙な様子に…恐怖というか吐き気がする。

　はじめは猿かとも思ったが。紅い頭髪の女性の顔、しかもクローンか全員が皆…どいつも同じ顔。下半身はダチョウか…何の獣なのか、どんな地形でもよく走りそうな強靭な異形ではないか。そして胴体と腕は機械、銃器と融合してしまっている。重厚だが機動性に優れて、妖しく狂った芸術品。こんなのが何匹も…何百匹もやってくるとは、本当に地獄だな。

　これまでは仕掛けた罠にハマってくれたが…それも限界がある。とにかく侵入を許してしまったことに、村人たちの失意…激しい緊張感のようなものがよく分かる。

●分岐点（マキノ枝、もしくは新たな苗木として）

敵の猛攻は続く。こうしては…いられない。森の一部で火の手が上がった。今の私が、一体どうするべきか。動きながら…自問自答を繰り返している。

とりあえず…三択か。

①最前線で戦っているヨウコが心配だ。助太刀致す！
②ハルハは大丈夫か？　病院に火の手が迫れば、ケガ人たちが危ない。

③攻撃は最大の防御なり！　外部へ躍り出て、単独で敵を殲滅すべく旅立つ。

まてよ…。

④すでに亡国と化した日本に帰る。その前にヨウコかハルハを連れて一緒に…。

いやいや、何を考えている！　村の皆を見捨てられるわけが…。

しかし…どこかで援軍を得るというのは妙案かも知れない。宛てないが。

いずれにせよ、この私の行動で運命が大きく…分岐してゆくのは、よく分かった。

ちなみに援軍…だいぶ遠いがヨーロッパに期待できるかとも思ったが、以前にヨウコから聞いた話を思い出して止めた。

とっくのとうに、中国やロシアと呼応して、侵略をはじめているとのこと。むしろ自国が乗り遅れまいと…損をするなと、必死らしい。

…残念だな。しょせんは狩猟民族（たまたま国同士の小競り合いや戦が多く、それが切磋琢磨につながって、なおかつ臆病なことが幸いして銃器の発明や産業革命などを起こせたが、実際は…文明が起こった場所ではないし、本来は田舎者だったであろう）、大航海時代からの侵略戦争の張本人だしな。

ドラキュラ的なアブノーマル、悪趣味で変態紳士。宗教という首輪がなければ暴走、凶悪化してしまうくらいに凶暴で残酷な人種か。童話の世界の如く…ドロドロとしたダークファンタジーが、脳裏に。沁み出してくる。

こういう状況なので恨み節の一つや二つ…それ以上に、いともたやすく浮かんでしまった。

アジア各国は再び、すでに蹂躙され、新たな強大な支配下にある。頼みの綱は…皆無だな。

私自身は…旧士族の末裔、最新鋭の武士として。潔く戦い散りゆくのみ。違うか？

●選択肢⑤

色々と考えた。考えながら、同時に行動。駆けながら、また考え続けて。

まずはハルハが居る…であろう病棟へ。

病人を看病…というタイミングではなく、すでに迅速に避難所…へ運んでいる。屈強な男たちも手伝って。むしろハルハは、弓で応戦していた。隠れながら、窓から狙って。

真っ直ぐに飛翔した矢は、怪物の脳天に直撃。鮮やかな技と、美しい横顔に見とれてしまった。

こちらに気づいたようだ。少し驚いていた…が、すぐに冷静に。うん、やはり良い顔だ。

「どうしたのですか？　…ここは、とても危険です」

「うん、むろん…分かっている」

「では…なぜ？」

「まずはハルハが心配だったから。…嘘じゃないよ」

「……」

「そして、剣と酒の場所を訊きたかったのだ。私も戦う」

そう…戦おうにも、徒手空拳では心もとないから。なにせ相手が、あのグロテスクな鉄屑の混じったキマイラ生命体だから。そもそも剣で歯が立つのか…それすらも分からないが…。

「あと…ヨウコがいる戦地…最前線の場所も教えて欲しい」

そうだ…、もはや母国への未練も何もない。援軍なんて関係ない。長城の中へ…その旅路の途中にある城や要塞もすべて殲滅させようとも考えたが、とにかく今は先ず、この村を…神聖なる森を守り抜く。それだけだ…そう肚を括ったし、覚悟もした。この場所で土に還り、骨を埋められるなら…本望だ。

そのためにも生命が尽きるまで、力の限り戦い…働くのみ。純粋に、これまで自分自身が知らなかったような力が湧き上がってくる。

「剣は…長老様の家で保管しています。正確には…修復させるため鍛え直していました」

そうだったのか。そして、長老…という人には、すでに何度か会っている。呑んだこともあるから。

「わかった、ありがとう！」

「どうぞお気をつけて。こちらが落ち着いたら…応援に参ります」

「無理するなよ」

「はい」

後ろ髪引かれる想い。手を引いて…一緒に行きたかったが。

長老の家へ、翔ぶが如く…急ぐ。ハルハの援護射撃に救われたのは、すぐに分かった。もしかしたら、この森の空気で体調が良いのは間違いないが、逆に何らかの魔法の効果で敵の動きが鈍化しているのかも知れない。結界のような気配も肌で感じる。

おかげで、正拳突きでモンスターをぶっ飛ばすことができた。むろん死滅までは至らなかったが。ある程度は破壊…損傷を与えられる。分厚い装甲は無視して、辛うじて生物のふりをしている顔面…人中（鼻の下にある急所）に拳を叩き込む。確実に弱点を狙い撃ち。

他にも視界の中には、火炎放射して森を…この村を吐き払おうとする不届き千万けしからん化け物の姿も確認できたが、一先ずは目的地へ、一目散に…とにかく急いだ。

異様な異常なスピード感だが、あっさり剣は手に入った。と同時に、酒も頂いた。戦場で、したたかに酔う。舞うように。これほどの風流が、他にあるかね？　酔えば酔うほど強くなる。しなやかに脱力、肩の余分な力も抜け。ちょうど良い。

正拳…ならぬ聖剣に、清酒をかけて…清めて。妖しく輝く刃。妖刀でも構わない。これからは修羅の…狂気の道。敵はすべて斬り捨てる。鏖（みなごろし）の宴である。神や仏すら滅殺する。我は、獣でもなく悪鬼ですら生温いほどに…完全なる阿修羅となる。こちらに非がない分、ピンチでしかない故、これほど心の痛まない殺戮はない。いざ覚悟を！

この身も心も、迷わず…ヨウコの元へ！　馳せ参じる！　…死ぬなよ!!　絶対に!!!

●天下人すら見られなかった幻想記

心臓の鼓動、大太鼓のようにドンドンと体中に打ち鳴らされ、血液を全身に送り出している。翼が生えたように、体が軽快。まるで飛翔しているようだ。

移動しながら、濡れた刃をかざすと、勢いのまま触れただけで、魔物たちの首を刎ねてゆける。かまいたち…なのか、音もなく。真っ赤な牡丹のように、地面に落ちている。

「ヨウコ！」

呼びかけた声に対して、驚いた表情が返ってきた。ヨウコをはじめ男の戦士たちが斧のように太く短い剣と、正直あまり動き易そうではない甲冑をまとい…それでも組織的に戦っていた。このチームワークを乱すつもりはなかったが、最前線に躍り出ると、何やら文字が刻まれていた日本刀を振りかざす。

妖猿の両腕から火炎や弾丸が繰り出される、その前に撫でるように斬首してゆく。表情のなかった殺人マシン達にも恐怖や動揺が伝わり感染してのがよく分かる。恐怖を感じる前に絶命する者も…次から次へと、牡丹の花が舞い散っている。

ただの殺戮、地獄でしかない。

それでも、この刀は…血を欲することを止めようとはしない。この…超貴重な少数民族、ダークエルフたちの呪文か何かが撃ち込まれた刀身は、それでも一切欠けることも刃こぼれもなく、さらにエルフの秘薬か何かでコーティングされていて、まったく傷つくこともない。吸い付くように…敵の血液や体液を吸い上げてゆく。


敵兵を殲滅…されられたかどうかは…正確には把握し切れていないが、とりあえず見る影もなくなった。あのダチョウや羽毛恐竜のような強靭な脚力で逃げ帰った者がいたかも知れないが。とにかく一息つける。ようやく…全身から汗と蒸気が噴き出してきた。

正直…まさか勝てるとは。まさしく奇蹟だ…。愛の勝利…だったら良いな。

「…ショーサ、ありがとう。助かった」

ようやく我に返った。ヨウコの声が胸に沁みる。他の戦士たちは…だいぶ距離を置いていた。彼女だけが駆け寄ってくれた。

「それにしても…凄まじい、まるで鬼神の如き…動きだったな」

その表情には、安堵や感謝よりも…私を恐れるような色もあった。複雑な表情だったが、瞳は真っ直ぐに向けられていた。

「無事で…何よりだった。…無我夢中で、戦っただけさ」

「そうか。…いや、サムライは本当に凄いな。改めて驚いている」

「無理もない。自分自身…驚いているから」

「ふふ…何だそれは？　…本当か」

ようやく少し笑顔が戻ったようだ。

●崩れゆく幻想世界

いわゆる疑心暗鬼か…。

精神が非常に不安定…。

すべて悪い方に考え、悪循環を繰り返しているうちに…狂いそうになる。

そういえば…思い当たることはある…むしろ多い。なぜ、こんな得体の知れない…落ち武者をここまでかくまって助けてくれたのかも。利用されていたのだ。わざわざ…ご丁寧に折れていた刀も都合よく修復されていたし。でき過ぎていた。…してやられた。

あの戦闘の後、大量に斬首された魔物を目の当たりにしたが、すべて回収されていた…ものの、どこか村人たちの挙動は奇妙だった。以前の豚のバケモノもそうだったが、おそらくは…すべて実験材料となっているのだろう。そうか、病院の地下には…妖しい研究施設があるに違いない。あの胴体のない顔を用いて…性処理の道具にしている気もする。

己の所業が…すべて空しく、滑稽に思えて仕方がない。


早く…この村を去ろう。…どこにも行く宛てはないが、…とにかく。

そう思っていた矢先、私の精神状態を心配してくれたのか…いや、実験体として…何かの利用価値のある者として、視察がてら…私の元にやって来たヨウコ。あんなにも愛おしいと思えたのに。いつかの湖のほとりで。もってきてくれた酒も、以前とは違う味がする…ように感じられた。

警戒していた私が何も口を利かないため、つい…ある重大なことを教えて…口走ってくれた。その情報によると、近日中に…敗戦国である日本の…天皇陛下が、陸路で北京まで運ばれるという。…そうだ、陛下を奪還するため、残りの…この命を賭けようと、瞬時に決意した。

ヨウコは…おそらく私の目の色、その光が変わったことを読み取ったようで、すぐに反応した。

「ちょっと、待った！　…まさか、行くつもりではないだろうな」

「…その、まさか…だが？」

「つい…ショーサに伝えてしまったことは…過ちだったかも知れない。後悔している」

「いや、ありがとう。…これで、ようやく己の死に場所を…」

「それだよ！　…中華帝国の目的は。飛行機で容易に運べるところをわざわざ、あえて陸路にしたのは。見せしめ…というよりも、ショーサのような残党をおびき寄せて…一気に駆逐するためなんだから」

…なるほど。たしかにそうかも知れない。…だが、そんなことは関係ない。それが…武士というものだ。いわば最新…最先端のサムライだが、武士である以上その根本は変わらない。命を粗末に扱っているわけではなく…使うべき時に使い切らなければならない。燃やし尽くす。

こんな武士道を説明しても分かるはずはないだろう。平時だったら私もどうだか。そう思いつつ、ヨウコを無視する形で…席を立つことにした。

「待て！　…行くな！」

遮る…熱い眼差し。そして全身で受け止める。ヨウコの体温が…直に入り込んでくる。

「…お願いだから」

小刻みに震えていた。強く…抱き締められていた。

「ハルハも！　止めてくれ！」

たまたま通りがかったのか、もともとそこに潜んでいたのか、ハルハも駆け寄って…後ろから抱きついてきた。どういう格好…シチュエーションなのだろうか。二人の極上の…絶世の美女に前後から抱きつかれている。二人とも…震えて泣いている。

もともと正常ではなかった頭が、さらに混乱…を通り越して、ワケが分からなくなる。そして、これまで自分自身が勝手に築いてきた、つまらぬ悪い妄想が…呪いが…すべて晴れたような気がした。

一体、何だったのだろう？

いつまで…抱きついているのだろうか？　もう、すっかりこちらは正気で、無抵抗だというのに。

前後に…たわわに実った乳房が。そして、剣や弓矢で鍛えた膂力を物語る躰…腹筋や腕はしなやか。私の体に絡みついて離さない。

完全に…負けた。清々しいほどに。もしかしたら…確かに、これは罠なのかもしれない。このような状況で風情のない話だが、こんなハニトラがあったら強烈だ。そんなことを照れ隠し…恥じらいを誤魔化すために考えてみたが、生物学的にも抗えないし、…逆らえない。甘い…甘美な蜜だ。とても…良い香りがする…。

温かい…そして心地良い。…もう、離れられない。

いや、ただの女だったら…ここまで籠絡されはしなかっただろうが…、ヨウコとハルハだから…。特別な人だから…もう、しょうがない。

…しかも、二人とは。…改めて考えても…何というか…凄い状況だ。

とっくに…戦意は喪失している。女神とでもいうのだろうか。それにしても、二人同時とは。戦意どころか理性すら吹き飛びそう。天国…以上ではないか。

あの時、選択肢…分岐点として、どちらと…戦い、奔走するか…などと考えもしたが…まさか…どっちもとは。いやはや…。こういう言い方は何なんだが、無欲が引き寄せたか…華麗なる一挙両得か。

現実は、時に幻想をも超える。とてつもない実感だった。

●あたおかファンタジスタと、神秘的な花嫁たち

この村の…民族の倫理や風習は、まだ正直…完全には分かっていない。

でも、ヨウコとハルハの二人と…一緒に棲んで、生活することになるとは。世の中、本当に分からぬもの。いや、これはこれで…むしろ良いバランスだし、誰も不満もないようなのだが…。本当に大丈夫なのだろうか？

夜の営みも、相乗効果しか…ない。家族なのだが、友人でもあるようで…兄弟のような気もするし最高のパートナー。いや、花嫁が二人というのは、とにかく表現し切れない。

お互いが…全員、かけがえのない仲間であり家族なのだ。

素朴だが、完全な酒池肉林。たまには大自然の中で、美しき獣たちと…思いっ切り交わったりして。何を言っているんだ、私は。とにかく、そういうことになった…なってい る。

これで…ハッピーエンド？　…戦友たちも祖国も滅亡したのに。

非現実的…というか、ありえないと思っていた。これまで自身が勝手に抱えていた固定概念や観念、常識、先入観などが…見事にすべて消滅したことで逆に、現状が…神秘的にすら感じている。まったく不思議だ。

●いざ、オリンピック！

改めて二人とも…有り難いことに、両立していて、自然と…うまく回っている。

いや本当に、自分なんかには勿体ないくらい…どちらも、よくできた妻でして。ヨウコもハルハも、特に、戦うくらいしか取り柄も何もない私を支え、愛してくれている。

儚い幻想…妄想のファンタジーとしか思えない。

そんな平穏無事で、先の戦が嘘だったくらい何もない日々だったから。そんな中で、どちらかの口だったたか、つい…こぼれたのが、思いもしない真新しい情報、…現実だった。

香港オリンピック。

そして、さらに上海万博も続けて数年後に控えているらしい。これほど、日の本の武士をザワつかせる…イラつかせる事象があるだろうか。

かつて2021年に、なんとか開催した東京オリンピック&パラリンピック2020だが、1964年の前回の東京五輪（の核実験）に続き、意図したものなのか武漢肺炎ウイルスの嫌がらせ、もといバイオテロがあり、日本国内はもちろん世界中が混乱。多数の死者が出た。

でも…ある意味、様々な問題が浮き出て…膿が出ようとしていた好機でもあったが…残念ながら政治もマスコミも、国民自身も変わることができず…混迷を繰り返し、絶望を色濃くしただけの開催だったが。

むしろアスリートの鍛錬および活躍は見事と言うほかなかったが、どうしても平和というよりも、平和ボケの祭典だった印象が個人的には強い。汚職も問題になった。

さらに、翌年には北京で冬季オリンピックが開催。散々メンツを潰された日本としては、ちょうど人権問題等で西側各国がボイコットを表明、むしろ北京の代わりに札幌や長野で冬季オリンピックをやると手を挙げるチャンスでもあった。が、結局は…結果的には、国内のスパイや手先が暗躍し、もともと牙の抜かれた国民は何もできず仕舞いだった。

そういえば、台湾侵攻（台湾有事）も大阪万博の2025年にぶつけてきたような…？

これらのことを苦々しく思い出すことで…一日本国民としては、香港でオリンピックなんぞ絶対に…あり得ないし、許し難いことだと思うのが、普通であろう。

むしろ…これはヨウコやハルハの愛情…やさしさ故で、色々と包み隠さず…素直に話してくれた。すっかり私のことはお見通し、理解してくれているので。

香港五輪には、旧日本の王…天皇陛下も参加するという。なるほど、かつて大日本帝国が満洲を設けた際に、表向きは各国に対し独立国をアピールするために当時の王朝だった清のラストエンペラー愛新覚羅溥儀を立てたのと同じような感じで、滅ぼした日本だけど…不当な占領はしていない、ちゃんと天皇はいる…招待しているという茶番を演じたいのだろう。

と同時に、裏切り者の米帝をはじめ欧州各国の首脳陣も参加するという。

もちろん、真っ先に斬首するのは中華帝国…中狂の指導者だが。つまり、テロリズム（かつての日本の特攻が世界に衝撃とともに影響を与え、イスラム圏などでも規範になってしまったが）するのであれば、これほど最高かつ贅沢な舞台はないのである。

そうなると…どう攻め込むか。

すでに複雑な戦場となって燃えた朝鮮半島（日本が勝っても負けても、この運命は変わらなかった気がする）や、すでに敵の手に落ちた台湾ルートは…正直、難しい。もしも同じ日本軍の残党が生きていてくれさえいれば、幕末の土方歳三や榎本武揚が新政府を夢見て函館・五稜郭に仕切り直したように、戦艦で移動することも考えたが…。

いや、酒が入ると勇ましい考えにもなるが…無謀であろう。

いずれにしても…この機を逃すべきではない。とはいえ、もしかしたら…我が子種を得て…表面上は分からないが、身重かも知れない二人を置いて、このまま旅立つ…そんなつもりもなかったし、ただ考え…迷っていた。

一応、日々のトレーニングは欠かさず。煩悩…不毛な考えを紛らわすためにも。しかし逆に研ぎ澄まされ、アクティブな座禅のように頭が冴えてゆく。自問自答を繰り返すことで、香港五輪こそ「千載一遇のチャンス」だと思えて仕方がない。

ただ季節は過ぎ、すっかり忘れかけていた。忘れようとしていた。

それでも、そんな私の心情や様子を察していたのは…紛れもない、愛する妻たちだった。なんで…どうして、ここまで優しいのか。あの頃のトキメキや恋心、尊敬の気持なども今もまったく変わらないのに…さらに、愛しい…さらに美しい。だから、ますます言い出せなかった…はずだったのだが。

「新たな戦に…行くの？」

心を見透かされた驚き、と同時に…嬉しいような、気持ち良いくらいの衝撃。実はヨウコよりも気が強い…というか、動じないハルハが真っ直ぐに視線と言葉で尋ねてきた。

「実は、迷っている」

思っているままのことを、そのまま伝えた。すでに、私が抱いていた日々の苛立ち…その結果として表面化されていた鍛錬などの行動から、すっかり見透かされていたようだった。ヨウコは、やさしく微笑み、少し遠慮するように…ただ頷いてくれた。

「行けば良い。俺もハルハも…止めやしない。…ただ」

「ただ？」

「俺たちも連れて行ってくれれば」

意外だったが、道理ではある。むしろ二人と離れるのが嫌で…恐かったのだから、まったく問題ないどころかジンテーゼ、昇華された感すらあったが。不安もあったが嬉しさも。

「ハルハも…それで良いのかな？」

一瞬の時間も置くことなく、真っ直ぐに頷いた。

「お慕いしておりますので…どこまでも、お供します」

どうやら村の、森の皆にも、すでに話をつけているようだった。実際…その後の展開、行動は、実に早かった。三人での…香港を目指す、新たな冒険がはじまった。

●今回の魔法は

ヨウコもハルハも、民族特有の特長的な長い耳を隠すように、布を頭と体に巻き、まるで…シルクロードをわたる旅人のイメージ。どこかエスニックな、神秘的な印象も。私はパワーアップした日本刀を腰に携え、食糧や雑用品なども背負った。ヨウコは特徴的な剣、ハルハは得意の弓矢を装備している。服装は、軽快さと重厚さを併せて兼ね備えていた。想像以上の魔界。香港までのルートは、海沿いを狙ったり、かといって山道をたどったり…まるで一貫性がないようなくらい多様性に富んでいた。ものすごく豊富な経験値を積んでいると思う。

実際問題、すでに先の戦争で地形が大きく変わっていて、既存の知識やデータでは、まったく追いつかない。なので、ヨウコとハルハの直感…能力で、両耳をセンサーとしているのか…行き着いた先々で、その都度ルート修正し三人で話し合って決めている。だから、多様なルート、地形となるが…比較的、モンスターとの遭遇率も低い…ような気がしている。

今宵も…野宿か。暖をとったり料理するために火をおこす場合もあるが、今回は大量の星に加え満月も空に確認できるため、視界的にはそれほど困らない。焚火によって、逆に敵に見つけられてしまうリスクもあるので。暗闇の中で…三人、肌を寄せ合う。ちゃんと通りすがりの湖で髪や体は洗っている。

本来…汚染し切ったこの大陸で飲み水を得るのは至難の業だ。日本を侵攻した最大の理由が飲み水および水源だという説もある。でも、それもハルハやヨウコの嗅覚のおかげで今日もこうして何とかなっている。

「今日も…よく歩いたな。…星が綺麗だ」

疲れのせいもあって思ったことを簡単に口に出していた。そんな流れで…気持ちのまま、ふと気になっていたことを訊いてみた。ルート選択における予知能力などのことを。

「あぁ…それは」

ヨウコが言おうとしたが、すぐにハルハが説明してくれた。

「それは、私たちの種族が古から備えている…特殊な能力、そのおかげでしょう」

「何となく…以前からも感じていたけど…それって、何ていうか…魔法みたいなものかな？」

いま自分たちがいる旅…冒険しているシチュエーションから、いわゆるクラシックなファンタジーの「剣と魔法の世界」を何となく連想して、そういう言葉が出てきたように思う。

「かも知れませんね。私たちにとっては普通の…当たり前のことなので、説明が難しいのですが」

「なるほど。…以前、掌を負傷した箇所にかざして…治してくれたこともあったが、ああいうのも？　何か、気功みたいな何かかと思っていたけど、でも…やけに効くから」

「どこまで理解してもらえるか…いえ、私自身も完全には分からないのですが、とりあえず自然の力をいただいている…感覚です」

「自然の？　何となく分かる…いや、感じる」

「大地から吸い上げるような感覚もあるし、草木や空気からも吸収しているような感じもします。その力を利用する…ので、自分自身が何かを消費して疲労する感覚ではないのです。ただ」

「ただ？　何か問題でも？」

「自然が有している力が…少ないと、相応の力しか出せず…それ以上を…と思えば自身の負荷になることも」

「なるほど、確かに」

「そうなのです。実際問題として、この大陸の環境は汚染され、破壊されてきました。なので、この先…大都市である香港で、これまで通りの力が出せるのかが…不安で」

確かに…これまでも破壊され尽くした風景を何度も目の当たりにしてきた。この大陸…そして、この星の大生命である自然を破壊してきた支配者や民の罪は重く、それだけで冒険の末に、斃すべき悪者だと実感できる。

むしろ、そういう力を封じるために、あえて源を滅ぼしてきたのか。

途切れかけた話を、ヨウコが続けた。

「まぁ…何とかなるだろう。かつて長老も言っていた、まだまだ未知の術はあるって」

「未知の魔法？」

「詳しくは分からないけど。…もともと、この大陸には…遠い昔から…何度も何度も文明が興っては滅びて、生まれては死んでいった。その永遠ともいえる時間と歴史の中で、魔術…秘術も生まれたらしいんだ。その強力さゆえに、滅びたって話だが」

「そんな強力な魔法が…」

「あぁ…、さらに、滅びに伴って…歪んで変化し続けたことで…だいぶ強力になった…ともな」

「より強力に…何度も何度も…。恐ろしいものだな」

「だから、帝国が我々少数民族を…自然の民たちを狙い、目の敵にしてきたのも…そのあたりに理由があるらしい。っていう話さ。だから、できることなら一矢報いて、一泡吹かしてやりたいところだけど」

「まぁ…でも自滅してしまうのは…カンベンだな」

「私も同感です」

「もちろん俺だって…そうさ。…絶対に、離れたくないから！」

●風の吹くまま、集められるだけ風を集めたら

傷を治してくれた…だけではない。どうやら、ヨウコやハルハが焚火を灯してくれる場合は、少なからず…ある種の魔法を用いているようだ。メカニズムはよく分からないので、とりあえず「魔法」としておくが。いや、我々の知らない…理解を遥かに超えた…何らかのテクノロジーおよび理由があるのだろう。

果てしない歴史が眠る…この悠久のユーラシア大陸には。図り得ない…得体の知れない…何かが。まだまだ多いに相違ない。

今日も野宿。だいぶ慣れてきたが。

日没、そして眩しい日の出が…よく分かる。この大地と、空と…すべてと一体化している感覚。私にも…何らかの魔力が溢れてくる…ような錯覚もする。

それは…おそらく、二人の妻の体に…素肌に触れることでも…魔力を吸収し、交信し合っているような感じも。指で…唇で、全身で。

深夜…どれほど深いのかは分からないが、真っ暗な世界。

野生動物（もはやモンスター）の夜襲に控え、小さな火種を見守りながら…見張りをしている。疲れないはずはない…ヨウコもハルハも、よく眠っているようだ。

か弱き焚火を見つめながら…他愛もないことを考えていた。

かつて…いつだったかな？　学生時代…よりは、もっと以前だったような気もするが。今の我々は…まるでロールプレイングゲーム（ＲＰＧ）の主人公パーティーみたい。とりあえず私が戦士で、ハルハが魔法使い…または僧侶…かな？　ヨウコは…魔法剣士？あるいは彼女こそ勇者かも知れない。

あと、魔法について…だと、これも学生時代だったか…、当時流行していたカードゲームがあって、個人的には気に入ったカードをコレクションするのがメインだったが、対戦する際には、森とか水、火などの属性を有する土地のカードを場に出して、そこからパワー（マナ）を引き出して、相応の魔法を使ったりできる。まさに、今のハルハやヨウコみたいだ。

さらに、強力なキャラクター（魔物）を召喚する際には、土地の場合もあるし、他のキャラを生贄…犠牲にして、捧げて…しかも毎ターンごとに与えて維持する…というような邪々しい諸刃の剣のような厳しいルールもあったようで、なるほど確かに魔の法だ…とすごく新鮮な衝撃を受けた。

何だか…なぜか思い出す。当時とは…だいぶ時代や環境が…すべて変わってしまったが…。平和ボケだったけど、ささやかな自由のあった日々。

とにかく、二人の魔力…その精神や肉体の負担などを考え、もっと気遣わなければと…反省していた。何かを犠牲にするなど…無理をさせてはいけない。

自分以上に、二人を気遣っている。おそらく、これまで以上に。

●幻想と夢と魔法の国、アタオカント

主にハルハ…加えてヨウコの…予知能力、魔力のおかげで…比較的安全に、楽に旅路を進めている、そんな気が…いや、実感している。敵兵や賊、魔物と戦わない日も決して少なくはない。ありがたい反面…経験値が、レベルアップできているのかが疑問…ではあるのだが。小動物のモンスターは、むしろ食糧でしかない。

だから、現在も…まだ、レベルが低い…せいなのか、それでも疲れ果ててしまう。もちろん戦闘に加え、ただでさえ移動…歩き続けているのだから、しょうがない。それに、ベッドで熟睡できることなんて稀だから。体が休まる時間も少ない。

ただ…香港オリンピック、その開会式に間に合わなければ…この旅の意味がない。気持ちばかり急いている。空回りしている感じも。

今宵も…気が付けば…いつの間にか…寝入っていた。

もう野宿なんて慣れたものだし、これはこれで解放感もある。寒さや砂塵は多少…気になるが、贅沢は言っていられない。ヨウコとハルハがいてくれれば…そこは安らぎの場所なのだ。

すっかり…だいぶ時間が経過していた。まだ真夜中。しかし、いつもと何かが違う。それは自分自身だった。酔っているわけではない…が、やけに息苦しい。…何かの、まさか毒？　そう思った矢先、誰かの声がした。…敵か？　…ということは、ヨウコとハルハは…無事か!?　…なんてことだ…。いや…聞き覚えのある声…しかも、…いや、間違いない。


「なんだ…まだ意識があるのか、…大したものだな」

「ええ、少々…過小評価していたみたい」

「とはいえ、もう…どうしようもあるまい」

指一本…動かせない、声も出ない。…近寄ってくる、2つの気配。…まさか。

「安心しろ、苦しまないように…殺してやるから」

これは…ヨウコなのか、…本当に？　私の知っている…ヨウコなのか!?

「それにしても…呆気ないものですね。…子作りで、これまで散々使用していた媚薬に…特殊な毒を盛っていたというのに」

…なぜ？　…どうして？

「許せよ。…本当に愛していたんだ」

「ええ…でも、寄らば大樹の陰。大帝国には逆らえませんから」

「その首は…捧げてしまうが、胎内に宿っている種子は…立派に生み育ててみせるから」

「…私も」

「さて、だいぶ効いてきたみたいだ。…できるだけ苦しまないように、ひと思いに…」

刃を抜く音。冷たい気配…もう、どうしようもないのか…。

「さらば…愛しい人よ！」


全身が汗だくになっていた。しかし…まだ首は繋がっていた。…やけにリアルだったが…あれは、すべて夢だったのか…？　むしろ別のシナリオ…枝葉であるパラレルワールドだったのかも知れない。

血液のかわりに、前身から汗が噴き出す。毒薬になど犯されていない…この身体を起こして、付近を流れる小川まで、カラカラに渇き切った喉を潤すため、歩みを進めた。

ちょうど、裸のハルハが水浴びをしていた。恥じる花のような可憐な笑顔。いつもの…私が知っているハルハだ。水を呑むことも忘れて、抱きしめていた。

「ど…どうしたのですか？　…急に」

良かった…本当に良かった…。溢れ出して止まらない涙を誤魔化すように、水の中に倒れ込んだ。気持ちも冴える。やはり、これが現実なのだ。安心した。

「一体…どうしたんだ？　こんな夜中に。…子作りだったら、俺も参戦させてもらうが！」

照れながら…明るい笑顔、やっぱり…ヨウコも変わらない。良かった…。

●ラストスパート

振り返れば、これまで森や川、草原に砂漠、洞窟も塔も、砦などのダンジョンもあった。やっぱり、この世はゲームではない。リアルなだけに、ＲＰＧなどとはだいぶ違ってい た。結果的にだが、強大なモンスターなどと遭遇すること…なんて極めて稀だし、むしろ道中…移動がキツイ。山を越えたり、川を渡ったり。戦闘よりも断然、機動力が重要だったりする。膂力よりも脚力。これは意外だったが、何度も痛感した。足の裏のマメが何度も潰れ、股は衣擦れ、血が滲み…ヒザが悲鳴を上げることも。さらに、雨天の時には全身が凍り付きそうになる。

できれば道中…本当は魔道研究所を破壊…壊滅させたかったが、欲張っても良いことはないだろう。むしろリスクが増えるだけ。実際問題そこまでの余裕もなかった。

なお、香港まで…単純に海沿いを進めばよい、迷うことも少なそうなものだが、実際には海岸近くに破壊された原子力発電所があるため、超濃度の放射能と、変異したモンスターが多数…生息している可能性が高いため、食糧を得ることもできなかったであろう。だからこそ、あえてヨウコとハルハの誘導で…ルート選択をしてきた。

当然すべて理由があってのこと。結果的に大正解だった、と思う。改めて、感謝だ。

ここまで何とか生き残ってきた。一人も欠けることなく。いや、むしろこの三人だから…すべてが良い思い出に、結果となっている。奇妙だが、これが我々の「新婚旅行」だったのかも知れない。

戦中…敗戦後は特に、この世の中はダークファンタジーだと揶揄し笑っていたが、まんざら捨てたものではない…最低だが最高だと教えてくれたような気がする。すべてが思い出で現実、幸せな時間だった。

そんな旅路も…徐々に終焉を迎えつつあった。

途中で、ヨウコの知り合いという協力者、いわゆる秘密結社なのか…内通者から馬を借りて一気に加速する。疾風のように、悠久の大陸を駆け抜けてゆく。

そして、ついに。やっと…予想よりも早く、目的地である香港に続く道までたどり着いた。このまま進めば、旧クインーズストリートにつながるという。

次第に、猥雑な風景に変わってゆく。魔物の気配は薄れ、オリンピックが目当てだろう観光客が増え、比例して武器を手にした兵士…警備員の姿もよく見られるようになった。

我々は潜伏し、準備をするため場末の小さなホテルに入った。野宿も含め、これまでのように縄張りに結界を張ってから。これで一応…敵の侵入を予防できるはずだ。

開会式は…数日後。目的地はオリンピックスタジアムだ。

さて、ここで…改めて当日の方針および戦略を考えなければならない。

ということは百も承知で、よく分かっているが…このアジトが…新婚生活の家、愛の巣という感覚がして、生き残ることへの未練も色濃く…強く感じている。数日の間だが、しばし三人で暮らす。

この身を賭けて…捨て身で戦ってきたはずが、ここにきて死にたくない…恐怖を感じている。心が揺れて、共鳴している。まずいな…。

おそらくヨウコも、ハルハも同じ気持ち、そんな気がしている。さっきからハルハは、据え置きの調理器具やコンロなど料理するための設備をチェックしているし、ヨウコは浴室を凝視しながら何か考えているようだった。…このベッドで三人いっしょに寝るのは…大丈夫だろうか、とか。正直ちょっと浮かれている。

ささやかな空想。だけど、鮮やかな幻想。この厳しい現実を生き抜くための…必要不可欠な…不思議な力だ。

ささやかな食事や入浴を終えて、作戦会議が始まった。

とはいえ、ヨウコもハルハも…濡れた髪…体から良い匂いがする。集中できない…二人の話を訊かなくては…ちゃんと。

とりあえず、一般的に…中級および下級の民は一切インターネット等の通信手段や機器は禁じられているので。情報統制がさらに進んだ形か。本当にRPGのような聞き込みや、新聞やテレビ（プロパガンダ）などのオールドメディアで、なけなしの情報を集めていた。

開会式を含め、香港オリンピックの正確な日程・時間が分かった…くらいで、あとは…ほぼ、まったく何も分かっていなかった。逆にフェイクニュースの危険性もあったから。肝心の開会式の出席者である中華帝国の皇帝をはじめ…旧日本国の天皇陛下が…何らかの世界的なアピール目的で出席することになるのか…分からず仕舞い。

というわけで、作戦会議…なんて格好つけて言いたいけど、実際は…ほとんど話が進まず、まとまらず仕舞いだった。

それよりも自然と…いつからか、ただ純粋に…三人での新婚生活を楽しみ…慈しむ生活が続いていた。開会式の前日になっても、まったく変わらず。最後の晩餐なのか、お互いに死を覚悟しているからか…すべてが愛おしいし恋しかった。

各自が…皆それぞれ葛藤や迷い、その上で決意や悟りを抱いていたからこそ…大きな強大な渦…うねり…激流、振り切ったオバードライブやディストーションの歪みや大爆発が生じていたのだろう。見えないだけで。でも感じている。かけがえのない家族だから。

私とヨウコとハルハの三人のシナジー。複雑ゆえに剛健。色々と違う三国志（桃園の誓い）だけど…それぞれをリスペクトし愛し、ようやく心底…心も体もつながることができた…奇蹟。それを、しかも何度も。

小賢しい作戦よりも…団結や絆を改めて再確認できた。これまででも十分だと実感していたが。ありがとう。


「本当に…色々あったけど、楽しい旅でした」

暗い部屋の中で、天井を眺めながらハルハが呟いた。

「俺も…。決戦の日に、三人いっしょに死ねるなら…それも本望だ」

ヨウコも、窓の外の夜空を眺めながら言い放つ。

…瞳も声も微かに震えていた。この旅に…巻き込んでしまった罪悪感のようなものはあるが、それ以上に感謝の気持ちも。マグマよりも熱い、闘争本能も。

中華帝国が造り出した、でたらめで稚拙なマッドサイエンスよりも…自分自身がよっぽど素直で神秘的な上等な野獣…モンスターになっているという不思議な自覚症状もある。

「絶対に、生きて帰ろう」

愛しい二人を同時に、思いっきり抱きしめた。温かい鼓動が、反応する。自然と涙が流れ出てきた。正気でなければ見落としてしまうが、狂気でなければ進めない。

後悔も何もない。ただの敗戦国の残党と、迫害にあっている少数民族による…一矢報いるための儚い一撃かも知れないが、敵の思い上がりに鉄槌を喰らわす。

そして当然…目的は天皇陛下の奪還および旧日本への帰還。できれば皇帝の斬首、人民達が発起できるだけの帝国への大ダメージだ。もちろん過度の期待はしていない。

果たして…できるのか、いや…やらねばならない。これが千載一遇のチャンスなのだから。幸か不幸か、それが全国に配信される。最高の檜舞台だろう。清水の舞台…かも知れない。

一個の武士には過ぎた檜舞台、むしろ感謝したい。

●歓迎、光臨（光輪）ラストバトル

やはり当然…いつも以上に、街はお祭りムードで浮かれていた。運命の開会式…当日。我々は意外なほどに、開会式が行われるスタジアムまで…容易に近づくことができた。ただ、さすがにスタジアム周辺は、武装した兵隊たちがフォーメーションを組んで守っていたが、それでも思いの外その数は少なく思えた。日本を滅ぼし、戦勝したことも油断を招いているのか、それとも…罠だろうか。

限界まで近づいて…よく見ると、スタジアムの外壁には巨大で強大な一匹の龍が巻き付いていた。いかにも、この国らしいといえるが、しかも金色に染め上げられているのは悪趣味といえるし煩悩をそのまま具現化したようだ。

…気のせいか？　そんな龍と眼が合ったような気が。いや…どうやら幻覚でもなさそうだ。

轟音とともに、巻き付いていた金色のドラゴンが動き始めた。周囲には爆音のような歓声、空には花火が打ち上げられていた。

完全に罠にハマったようだ。兵隊たちは、こちらに銃口を向けつつも一向に打ってくる気配はない。一方で、黄金の龍はこちらに向かってくる。なるほど、要するに…これはプレ開会式…余興。古代ローマのコロシアムに習った、残酷な趣向か。まったく、反吐が出る。

残党狩りを全国に中継、配信して…この世界の狂人どもが熱狂しているのだ。スタジアム内からも歓声が聞こえる。選手や来賓たちか。むしろ上等じゃないか、思いっきり暴れられるってもんだ。

刀を隠すためでもあったが抜き身の白刃を肌に当てることで感覚を研ぎ澄まし、死ぬ覚悟を実感していたが、その刃を露わに現す。「おー！　サムライ」と嘲笑う声が聞こえる。

そいつらの首を斬り落としたい激情を押し殺して、眼の前の強大な敵…いわばラスボスの黄龍にすべての感覚や神経を集中させる。格闘技でも何でも鉄則だが、相手の弱点を分析…探す。いわば逆鱗のような開発ミス、エラーはないか。

そして観衆どもの興味は、むしろクレイジーなサムライよりも、幻想的な美しい二人の女性がどのように残酷に、惨たらしく殺されるのかに集中、熱中している。そんなこと絶対に許さない。

横目で見ると、意外にもヨウコは抜刀していなかった。ハルハと同じように両手の掌を操って、深く…清く呼吸を続けている。明らかに…魔法だが、いつものとは雰囲気が違う。

「ハルハ…ヨウコ、これは…一体？」

「ごめんなさい。究極の時空召喚魔法で、カタを着けます」

「召喚魔法…って、あの…召喚獣を呼び寄せる？」

なるほど、たしかに龍が相手なら…龍などの強力なモンスターをぶつけるしかない。だが、二人の気力や体力が…心配だ。自爆するような最終奥義だったら絶対に止めていたが、そうでないにしろ危険な…妙な予感がする。

ハルハとヨウコの間に魔法陣の様な…結界が浮かび上がり、光の柱が放たれる。

「今です！　お願いします！　あなたが思い浮かべ…思い描く勇者を…ここへ！　呼び寄せて下さい！」

え？　…勇者？　…まぁ…確かに、私は戦士ではあっても…いわゆる勇者とは、違う…ということか。なぜか落ち込んだ。

「早く！　いま何とか異世界との扉を開いているんだ！　…早く！　アクセス時間が終了する前に！」

二人とも…辛そうだ。両手が焦げて…いまにも燃え上がりそうな勢い。ダメだ、余計に気持ちゃ頭の整理ができない。まずは、落ち着かなければ。

勇者って…英雄のようなものか？　あるいは伝説の剣士？　…たとえば聖剣エクスカリバーをもっていたり…？　むしろ空想上の…何か、たとえモンスターでも…。いや…しかし！　…宮本武蔵かオーディンか。どうする!?

そんな我々の状況を考慮してくれるはずもなく、巨大な黄龍は魔法陣ごと喰い散らかそうと突っ込んでくる。かつて、横浜や神戸の中華街で行なわれていた祭りで黄金の玉を追いかける龍の舞いを見たことがあったが。しかし…これは、そんな優雅なものではなく、ただの一方的な殺戮でしかない。心から、その見事な悪趣味に…改めて激しく軽蔑する。

「おおおおりゃあああああ！！！！！」

回転する光の、弩真ん中から飛び出してきた一人の勇者。上段の構えから迷うことなく刀を力いっぱい振り下ろした。

奇策ゆえか、そして無謀ともいえる勇気の賜物か…結果的に、カウンター気味に龍の顔に刃が深々と突き刺さった。血液か何かの液体が噴き出し、観衆にも容赦なく…ぶっかけられた。

気づけば駆け出していた。私も、刀を振りかざす。

痛みに耐えかねて身をよじった瞬間の龍、その首に、魔法がふんだんに盛られた刃を叩き込むと…あら不思議、和食の職人が愛用する刺身包丁のように、気持ち良いくらいあっさりと邪悪な首を斬り落としていた。

しかし困ったことに…頭部を失ったはずの胴体が苦しみのあまり暴れ、観衆や兵隊、スタジアムまで攻撃、暴走して壊し始めた。

「気をつけて下さい！」

「ハルハ！　無事だったか!?　大丈夫か!?」

「はい。…でも、思いもしないものを…まったくの想定外でしたが、勇者の他に…何かとんでもないものまで引き寄せて…召喚してしまったようで」

何だって？　…とんでもないもの？

空が真っ赤に染まっていた…。これは…何だ？　現実なのか？

上空を激しく優雅に旋回しているのは、まるで三国志の英雄である関羽雲長のような美しく長い髭を携えた…魔物？　深紅の翼が生えている。同じようなモンスターがもう一体、計2体で。手にした恐ろしい槍や青龍刀で、龍を切り刻んで事態の収拾を図るのかと思えたら…今度は観衆や兵士たちを攻撃し、一方的に殲滅し出した。

何だろう…どういうことか、どういう意味か、そもそも何が起こっているのか…まったく分からず、把握できていないが、中国史の…三国志の英雄が、このような虐殺を平気で行なっているというのは…現在の中華帝国に対する警告というか戒めなのか。人民を支配し苦しめていることへの攻撃、救いなのか…。

それとも、ただ純粋な怒りか天罰か。

一騎当千、無双乱舞。おびただしい数の死体と、大量の紅…血液がこの大地を真っ赤に汚し染め上げていった。

まるで鳳凰のようだ。二枚の翼が。

古から、中国では龍は皇帝だけが使用できた。属国の王は、龍よりも下の鳳凰しか認められなかったのだが…その鳳凰が巨龍を殺め、暴れている。

とにかく…、何より…助かった。

●友よ、水になれ（be water, my friend）

「森田…」

　なつかしい名前を呼ばれた方を見ると、根元から折れた刀…おそらく、さきほど龍の頭部に斬り付けた時に…破損した残りの柄を持っている勇者、その男がこっちを見て静かに笑っている。

「え？　…う、馬頭さん？」

　涙が溢れて…止まらない。生きて…まさか、再会できるとは…。このような形で。

　軽く…高揚しているような、なんとなく酒が入ってるのかな。確かに…この人は勇者というか勇気、勇敢であることは認めるけど…その勇ましさには無謀な感じもあるから。大丈夫かな？　…でも結果的に助かった。

　馬頭さんなら…滅茶苦茶ゆえに、天皇陛下を救出して、なおかつ皇帝を斬首する…実現できるかどうかはともかく、それくらいの勢いがある。頼もしいぜ、何だか…なつかしい、本当に。

　すでに消えていた魔法陣。荒く苦しそうな呼吸だったが、ハルハとヨウコの生存も確認できて、天にも昇る気持ちだった。良かった…本当に。

「森田…その、その…女性は？」

ワケも分からずタイムスリップしてしまったような馬頭さんに対し、とりあえず説明することにした。

「私の嫁…妻です。二人とも」

「ん？　…いやいや…え？　…二人？」

「は、はい」

「…バカヤロー！　ふざけんじゃねぇぇ!!!」

その瞬間、視界が真っ暗になった。おそらく、鉄拳制裁…思いっきり殴られたのだろう。

しかし…嫉妬なのか何なのか分からないけど、その凄い破壊力…引力、重力だったな。

完全に気を失った。…一体、何してくれてるんだよ、こんな重要な場面で。こっちこそ、ふざけんな…だよ。迷惑千万…どうするんだよ、これ…。このまま終われないだろう。


遠退く意識の中、すぐに大きな打撃音が響きわたった。きっと、間違いなく…ヨウコが勇者馬頭を殴り飛ばした音だろう。


ヨウコ…ハルハ、…どこだ…どこにいるんだ？　会いたい…今すぐに！　どこだ!?

なつかしい…さらに成長したマキノ樹海が拡がっていた。優雅に…やさしく、無限に…。

●あたおかクロッシング

血の味がする…。口の中いっぱいに拡がってゆく。

「おい、森田！」

え…っと、誰だっけ…聞いたことのある声。そうだ…馬頭さん。

「戦場で寝るヤツがいるか」

いやいや、自分で思いっきり殴っておいて…勝手なもんだ。

…ん？　ここは…どこだ？

…え？　まさか…すべて夢？　そんなワケはない。…はずだが…？

確か…ここは、上野公園？　その桜並木…いや、千鳥ヶ淵…九段下の日本武道館にも近いような。…宮城（皇居）か？

耳元で、銃弾が通り抜ける、音がする。次から次へと。そうか…そうだったな…。

そして…なんで相手の飛び道具に対して、こっちは日本刀を構えているんだよ。明らかにオカシイだろう？　でも…そういうものなのか？　馬頭さんも刀を握り締めている。

敵は中狂か、米帝か、それとも…日本人なのか？　とにかく戦は、速やかに敵将の首を討ち盗るだけだ。

「馬頭さん」

「何だ!?」

「もしも生き残れたら、…今宵は呑み明かしますか？」

「…そうだな。きっと美味い酒になる」

お互いに、こんな状況なのに…笑っていた。

見渡すと、寝食をともにした仲間たちの死骸が無残にも無数…転がっていたのに。

悲しんでいるだけじゃ駄目だ。今ここが…これからが…。

未来は斬り開く、自らの手で。容赦なく、思いっきり。遠慮は無用だ。


——本当の本当にＥＮＤ（完結）——

著者プロフィール

菅原 正人（すがわら まさと）

1978年（昭和53年）5月17日生まれ、東京都板橋区出身。

2001年明星大学人文学部英語英文学科（現国際コミュニケーション学科）を卒業、2005年同大学通信教育課程で小学校教員免許取得。

2007年～現在まで段ボール・板紙・包装の業界専門紙で新聞記者。

趣味は筋トレ、読書、ギター演奏など。

空手道と剣道の有段者、柔道経験者。

好きな言葉は「文武両道」「継続は力なり（Practice makes perfect)」など。

エルフの森で眠りたい

2023年12月15日　初版第1刷発行

著　者　菅原 正人
発行者　瓜谷 綱延
発行所　株式会社文芸社
〒160-0022　東京都新宿区新宿1－10－1
電話　03-5369-3060（代表）
03-5369-2299（販売）

印　刷　株式会社文芸社
製本所　株式会社MOTOMURA

ISBN978-4-286-24714-4　JASRAC　出2307469－301